御巣鷹山と生きる

日航機墜落事故遺族の25年

美谷島邦子

新潮社

御巣鷹山と生きる＊目次

装幀＊新潮社装幀室

御巣鷹山と生きる

日航機墜落事故遺族の25年

序章

「ヘチマの観察日記」
1985年5月24日
黒くてざらざらした種を手の先ぐらいほってまき、水をやった。
6月14日
ふた葉の大きさは3センチ5ミリ、色はこいみどり色だ。
7月18日
くきが70センチになった。まきひげが8つあった。
8月11日
ヘチマは、120センチの長さになった。ぼうを立てても、どんどんのびるのでこまる。ほんん葉は20まい。ふた葉はすでにかれている。一ばん下のほん葉はきいろい色をしている。ふしぎだ。まきひげは15ほどある。まわりのものにまきついていた。葉のちかくに小さなつぼみがみえていた。

健は小学3年生。事故にあう前の日の8月11日にも、小学校の校庭に行った。セピア色の「ヘチマの観察日記」には、健の文字が記され、思い出のノートというには、あまりにも生々しい写生がある。見つめていると、ヘチマのつるがどんどん伸びていくようだ。でも、やわらかい蕾《つぼみ》は固いまま。夫はこのノートの文字をいまだに見たがらない。

地域の神社から祭囃子が聞こえてくる。朝から私は、お祭りの準備をしている。こうした雑務は、一見無駄なように感じる。でも、それが人と人をつなぐ。沢山の人の小さな雑務の積み重ねが、地域での交流を生む。

やわらかな蕾のまま逝った健も、この街で育ててもらった。祭りばんてんを着た健が、鈴を鳴らして山車を引く。その後ろ姿が、今も鮮明に浮かんでくる。

「さよなら」もないまま、健は一人で茜空に消えた。以来、私は、空を見上げるのは苦手だ。その母の悲しみを書きとめてきた。そうしているうちに、同じ事故で亡くなった520人のお母さんの存在が、日に日に大きくなっていった。一人ひとりのお母さんの悲しみが、つながっていった。

世界中で起きている戦争やさまざまな事故や災害、病などの不条理なことで子を失った母の悲しみも、重なっていった。

かつての日本人は、「家族の死に遭った時、じっと悲しみをこらえる」ことを美徳としてきた。「家族の死に遭った時の苦しみや悲しみを共有する」方法が地域社会に存在し、宗教、伝統、文化、地縁・血縁、大家族のなかで様々な形で伝えられていた。しかし、現在は都市化が進み、核家族が増え、身近な人とのふれあいや地域でのつながりが希薄になった。それにより、家族の死に遭った時、人との交流の中で、悲しみや苦しみを癒していくことも難しくなっている。

私は、子を失ったことで、命を支えてくれる自然や環境、地域や家族のことを考えた。特に地域社会の人情や助け合いは、弱者や子供が育っていくためには大切だと改めて思った。私は、25年前に「遺族会」という〝雑務〟を引き受けた。雑務をするのがもともと好きな性格。いつも地域のことで駆け回っていた母の姿をみていたせいかもしれない。その雑務をしながら知ったことがある。「喪の悲しみは、乗り越えるものではない。人は悲しみに向き合い、悲しみと同化して、亡くなった人とともに生きていく」ということを。25年の間、御巣鷹山は、多くの人々の願いを受け止め、つなげ、目には見えないけど忘れてはいけないものを残してくれた。私たちは、「人はつながって生きる」ことを肌で感じた。

1人が亡くなっても520人が亡くなっても、家族の悲しみの重みは同じだ。私たち遺族は、日本人の死生観に添いながら、周囲の人と悲しみをわかち合う、そんな新しい社会の在り方を一緒に考えてきた。幸いにも私たちは、悲しみを表現する場を与えられた。「子供たちの夢に翼をつけて、21世紀の大空高く、ロケットも飛行機も飛んでほしい」。こう願いながら、私はこの本をまとめた。

本書をまとめるにあたって、まず最初に、日本航空123便墜落事故の概要を記したい。

1985年8月12日、日本航空123便（ボーイング747SR型JA8119号機）は、乗客509名、乗員15名、計524名を乗せ、大阪伊丹空港に向かって18時12分に羽田空港を発った。離陸から約12分後の18時24分35秒に異常事態が発生して操縦不能となり、18時56分頃に群馬県上野村近くの山中に墜落した。重症を負いながら救助された4名を除く520名が死亡するという、単独機としては航空史上最悪の事故となった。

墜落した便に使われた機体は、事故より7年前の1978年6月2日、大阪伊丹空港に着陸するときに胴体尾部を滑走路に接触するしりもち事故を起こしていた。この時、機体与圧部（客室内部）と非与圧部の境となる後部圧力隔壁が損傷したため、メーカーであるボーイング社による修理がおこなわれた。損傷していない上半分に新しい下半分が接合されたのだが、作業指示通りの接合作業が実施されなかったため、接合部の一部に想定以上の荷重が加わり、接合部のリベット穴周りに亀裂が発生した。

その後、離着陸のたびに機内与圧が加わっていったことで亀裂が延びていった。そして、7年後の1985年8月12日、修理後1万2319回飛行した時点で後部圧力隔壁が破壊し、客室内部の空気が後部圧力隔壁後方の胴体内部および垂直尾翼内部に流入、胴体尾部の一部および垂直尾翼のほとんどが機体から脱落したのである。

垂直尾翼の脱落により、4系統ある胴体尾部の油圧配管が引きちぎられて破れ、作動油が流出し、4系統の油圧装置がほぼ同時に使用不能となった。そのため、油圧を動力源とする操縦装置が働かなくなり、機体の姿勢を制御することが極めて難しくなった。

御巣鷹山に衝突する直前の6時50分ごろ、奥多摩上空を飛ぶこのジャンボ機の写真を撮った人がいた。後に、運輸省航空事故調査委員会で写真は光学分析され、当時の機体の形状が復元された。事故原因の解析に極めて貴重な役割を果たしたその写真を見ると、水平尾翼は大体残存しているが、垂直尾翼は前部を残してあとは破壊、脱落していた。

広さが180畳ほどもあるジャンボ機の客室は、家族連れの帰省客やビジネス客などでほぼ満席だった。突然「バーン」という破裂音。一瞬のうちに真白な霧が客室全体を包んだ。約30分、上下に左右に激しい蛇行を繰り返しながら山岳地帯に迷い込んだ。

乗客の年齢は0歳から80歳代まで。509人のうち、223人が出張や商用、124人が帰省客だった。家族や同僚などと複数で乗った乗客は296人、1人で乗ったのは213名だった。関西圏の乗客が多く、330名いた。

著名人も多く乗っていた。歌手の坂本九さん、ハウス食品工業の浦上郁夫社長、神経生理学の権威である塚原仲晃さん、阪神タイガース球団の中埜肇社長――。

月曜日の東京―大阪便ということで、ビジネスマンも多かった。朝日新聞社の調べによると、住友銀行調査第一部長の木田一男さん、湯川昭久住銀総合リース副社長など。企業関係者では、社長職を含めて経営者が28人、副社長、専務、常務ら重役32人、部長職38人、次長・課長職31人。銀行、証券、建設、商社、紡績、百貨店、不動産……さまざまな分野にまたがった企業の管理職は150人を超えていた。

1日15便もあり、東京―大阪の550キロをわずか1時間でいく利便性が、企業の管理職に飛行機を選ばせていた。しかしそれは、頭脳を奪い、屋台骨を折る深刻な打撃を、企業に与えた。

松下電器産業は、グループ系列会社を含めると社員17人（システム推進部部長一木允さん、本部企画担当参事南慎二郎さん、システム推進部副参事秋山寿男さんなど）、家族6人、婚約者1人の計24人を一度に失った。電通大阪支社は7人（永田昌令次長や営業局の3人など）、象印マホービンは芦田育三・デザイン室長ら3人の人材を失った。チッソは、ポリプロ繊維事業部だけで6人が死亡した。

中小企業社長の死は、もっと深刻だった。例えば、日本音響電気社長の小林法久さん。働き盛りの死は、企業を、そして家庭を破壊した。年に150回くらい東京—大阪間の便に乗る人や、平均して1週間に3回ほど東京への日帰り出張をするという社員もいた。

大相撲伊勢ヶ浜親方の妻子3人もいた。また、女優の北原遥子さん、オリンピック自転車競技選手、美容体育研究家や、華道みささぎ流の副家元も乗っていた。お盆休みということで、ディズニーランド帰りの家族連れや友人仲間も多かった。その年の2月に結婚したばかりの若い女性もいた。神戸市の私立親和女子高校の3人の先生は、修学旅行の下見に出かけた帰りだった。

遺族となったのは、401世帯。そのうち22世帯は、一家全員が亡くなった。一度に8人の家族を亡くした方もいた。母子家庭になったのは189世帯で、およそ半分を占めた。妻だけになった家庭は37世帯、子供たちの一部が欠けたのは35世帯、夫婦だけになった家庭が24世帯、父子家庭が13世帯、夫だけが残されたのが14世帯、そして、子供だけが残された家庭は7世帯あった。

一度に、一家8人が亡くなる。一瞬にして、20組以上の家族が全員亡くなる。想像を絶するような事実を新聞報道から抜き出し、心身が震えた。

一瞬のうちに明日を失った人の中に、50人を超える10歳以下の子供や幼児がいた。そのひとりである私の息子・健の話をしたい。

第1章　健ちゃんのこと

小さな手のぬくもり

1985年8月12日。猛暑。

健、9歳、小学校3年生。8月12日、初めて飛行機に乗り、初めての一人旅に出た。日本航空（以下日航）123便には、524人が乗っていた。その座席のひとつで窓際の12Kに、健は座っていた。

その年の夏休みにプールで25メートル泳げた。そのご褒美として、ずっと前から乗りたかった飛行機で、私の弟家族が住んでいる大阪までの冒険の旅をすることになったのだ。

私の家は、羽田空港から30分と近い。また、「ちびっこVIP」という、飛行機で子供が一人旅をする時に使えるサービスもあった。私たちは、ジャンボ飛行機は「一番安全な乗り物」だと信じていた。

健は、リュックにお菓子やジュースをつめ、大阪でいとこたちと阪神電車に乗ったり、甲子園に高校野球を見に行くことを考えてわくわくしていた。

航空券は、おじいちゃんが、窓際の富士山のみえる席を予約してくれた。

その日、健は空港で私に見送られ、「ちびっこVIP」のワッペンを胸につけて、大きなジャンボ機を見て歓声をあげていた。

私と手を離した時、搭乗口で日航の係の女性と手をつなぐ時、初めての一人旅のためか、少し不安げな表情をした。

あの時つないだ健の手のぬくもりが、今もここにある。

そして、機内に入る時、日航の係の女性社員に何か話しかけている健の姿が目に焼きついている。


午後6時12分に離陸した123便の機影を見えなくなるまで見送り、家に戻ったその途端、「JAL123便の機影が消えた」というテロップがNHKのテレビニュースで流れた。慌てて片手に握った搭乗案内の「123便ちびっこVIP」の文字を見て心が凍る。『まちがいない、123便』。すぐに空港に夫と引き返した。

しかし、空港では情報が得られず、やむなくすぐにまた、自宅へ戻る。その途中、ラジオは「山中で煙をみた」と告げていた。自宅に戻ってからは、ニュースを聞くのが恐ろしくて、布団をかぶり、耳を塞ぎ震えた。門の外に出て健の姿を探し、「健ちゃーん、どこにいるのー」と言いながら夜道を走りまわった。

真夜中、日航から電話があった。現場に向かうバスが出るという。テレビにはもう、カタカナで「ミヤジマケン」の名がある。

乗客の家族たち関係者320人を乗せたバス計8台が、墜落現場へ向けて羽田と大阪を出発したのは、13日午前1時をすぎてからだった。事故現場方向といわれていた長野県の小海町に向かう。

バスの中では、私も夫も無言。「健はきっと生きているよね」と確認したまま言葉が出ない。バスがどこを走っているのかなど、何も情報が入ってこなかった。早朝に小海町総合センターに着き、またバスに乗った。

昼前、軽井沢で止まると、「生存者がいた」というニュースがラジオから流れた。健を早く助けてあげなければと思う。「小さな体で山でうずくまっているかもしれない」と考えて、胸が張り裂けそうになっていった。

午後1時過ぎ、群馬県藤岡市に着く。小野中学校の体育館で待機することになる。食事がほとんど喉を通らず、言葉も出ず、ただ下を向いていた。「健に会いたい」、心の中はそれだけだった。私たちについた日航の世話役は、整備の方の現場から来た若い男性。誠実な、言葉数の少ない人で、その人も正座して震えていた。

健との対面

14日。宿泊先のビジネスホテルから、夫の高校時代からの同級生で、親友である樋口一雄さんが泊まっていた民宿に電話を入れた。

樋口さんは、フジテレビに勤めるカメラマンだ。現場に出ているということでなかなか連絡がつかず、やっと夜中に電話がつながる。「じつは、健が墜落した飛行機に……」と夫が言う。彼は、「エッ、昨日現場に行ってきた」。夫は、「様子が分からないから教えて欲しい、健を迎えに行きたい、山に登りたい」とふり絞るように言う。

「迎えに行ってやれ、お前なら登れる、健ちゃんが待っている」と樋口さん。後から知ったことだが、彼は13日に現場に行き、生存者がヘリコプターで救助されるところをクルーと共に撮影していた。とにかく、樋口さんから現場の様子を聞き、「山で一人ぼっちにさせておけない。何としてでも、健を迎えに行く」と決心する。

日航の世話役に「明朝、山に登りたい、あなたの迷惑にならないようにする、自己責任で登るから」と言い、家から持ってきた健の着替えを抱きしめた。

事故から3日目の15日朝。世話役は、タオルと帽子と軍手を黙って用意してくれた。急な斜面や道なき道を這うようにして、現場に向かう。機動隊や自衛隊の足跡を頼りに、落石を避け、靴底に穴が開くなか、泥まみれになりやっと山頂にたどり着く。登り始めて4時間がたっていた。

私たち2人の目にとびこんできたものは、地獄絵だった。焼けた土に、毛布に包まれたいくつもの遺体が並び、もの凄い臭いがし、機体の残骸からはまだ煙があがっている。狭い尾根のヘリポートには、機動隊、自衛隊など多くの人が必死で遺体の間を行き来し、その手には、部分遺体があった。

機体の前でひざまずくと、土は焼けるように熱く、膝が焼けるようで、じっとしていられない。呆然としながらも、私は、機動隊の人に「12のKはどこですか?」と、健の座席番号を聞いた。その機動隊の責任者は、私の手を握りしめ、歪んだ頬にある涙を拭いた。

大破した機体に、家から持ってきたジュースをかけると「ジュー」と凄い音がした。

その煙と音で、ここで大事故が起こったのだと初めて我に返った。それでもまだ、山のどこかの木の枝に健の姿があるような気がして、「健ちゃん、健ちゃん」と探しながら、「健ちゃんごめんね、ごめんね」と山に向かってつぶやいた。

多くの機動隊、自衛隊の人々が必死で遺体のあいだで働いている姿に頭を下げながら、遠くの山並みを、ぼーっと見上げると、身体がこわばっていった。

山から下りた翌々日の17日、健の遺体がみつかった。

その前の晩の16日、私は健の夢をみた。健が、花畑の中を歩いてきて、「ママー、ここだよ」と笑っていた。

17日、待機していた体育館でやっと名前が呼ばれ、検視だけをしている別の体育館に向かう。健の遺体は、その日に着ていたエメラルドグリーンのシャツにつけた、2㎝角のちびっこワッペン周辺の一部の胴体と右手だけ。

その小さな手には、いぼがあり、私は、つめの形を見て、すぐに「健です」と確認した。その手は、ほんのりと温かかった。夫は、健の右手を握り「いつまでもいっしょだよ、もう一人ではないよ」と言った。

確認した時には、衝撃のため、もう涙はでない。体育館に待機していた5日間は、泣き叫ぶようなことは一度もなかった。言葉を発することも出来ない状態にあった。

「やっと会えました、一緒につれて帰れます。ありがとうございました」と心の中で、この作業にあたってくださったすべての方々に叫ぶような気持ちでいた。

何度も頭を下げ、体育館を後にした。

その時の藤岡市

ここで、事故が起きてからの現場の経過を振り返ってみる。

123便が消息を絶ってから一夜明けた13日早朝には、墜落現場が群馬県上野村近くの山中と確認された。群馬県警、自衛隊、消防団その他の方々の必死の作業でヘリポートが御巣鷹山、上野村、藤岡市内の3ヶ所にできた。空挺団、レスキュー部隊、レンジャー部隊がヘリから現場に降下、遺体の収容が始まっている。

けわしい山中での自衛隊、機動隊の必死の捜索活動は、想像を絶した。上野村は、消防団をはじめ村中が総出で対応していた。道なき道を、猟友会、消防団が墜落地点まで登った。消防団は、自衛隊や機動隊を現場に先導する重要な役割を務めた。

「生存者はとても、いないだろう」と誰もが考えたという。スゲノ沢はまるで機体の残がいがぶちまけられたようだった。遺体は、土ぼこりをかぶっていた。

そこで、手が動いた。自衛隊、警察、消防団、猟友会が救出活動をした。立ち木を切って、担架を作り、生存者を乗せ、空挺団員がヘリで吊りあげた。

犠牲者は520名。重症を負いながら救助された4名を除く乗客乗員全員が死亡するという、単独機としては航空史上最悪の事故となった。

その時の藤岡市は、不眠不休。市民の誰一人として経験のない事故であるにもかかわらず、公私にわたる機関、医療関係者、ボランティアの方々が、団結して事故対策にあたった。

　お盆の最中でもあり、プールや楽しいはずの行事が予定されていたが、すべて中止された。連日、大勢の方がすべての時間を救難救助にあて、一刻も早く遺体を家族のもとに戻せるようにと迅速な対応をしていた。

　事故を知り駆けつけた家族や親戚、会社関係者、友人らは、13日から25日間、藤岡市内の小、中学校などの公共施設5ヶ所に滞在した。その数は、延べ1万7千人になった。

　待機所である体育館の演壇にはテレビが1台おかれ、夏の甲子園の高校野球が絶えず流されていたが、見ている人はほとんどいなかった。その画面に時折あらわれる日航機事故のニュースを、じっと待っていた。

　家族たちは、待機所で、ひたすら名前が呼ばれるのを待った。一方で、そこで配られた新聞に肉親の名前があることを信じまいとする必死の気持ちがあった。

　しかし、誰かに問いただす気力も残っていない。胃は、水も一粒の米もうけつけない状況にある。空白の頭で考えるのは、こつ然と姿を消した愛する肉親に、今すぐに会いたいということだけだった。身も心もふるえ、そのふるえは日増しに大きくなり、苦しみは増していった。

　暑い体育館の中で、家族は、遺体の確認作業をした。柩の中の遺体はビニールに入れられ、この世のものとは思えず、恐ろしさでふるえた。私は、体育館に並べられた棺の中を覗き込んだときのあの恐ろしいほどの衝撃を、いまだに消せない。この絶望的な作業のなかでこのまま衰弱して死んでしまいたい。今、自分は何をしているのだろうと真っ白になった頭で考えた。

　しかし、看護師さんが、自分のことのように柩をあけてビニール袋から遺体を手にとってみせてくれる姿に心を打たれ、「自分達がみつけなければ、誰も健をつれて帰れない」と我に返り、それからは柩に書かれた遺体の特徴を食らいつくように見ながら探した。

遺体確認をする為に家族が並んでいると、女性が、「主人を絶対連れて帰るぞ、がんばるぞ」と大きな声で言うのを聞いた。そうでも言わなければとても耐えられない気持ちだと、周囲はみなうなずいた。

検視を行っている体育館は、40度という高温、線香の煙と異臭と汗の中で働く人々のシャツはぐっしょりぬれていた。

体育館内は「遺体検視所」「安置所」「レントゲン現像室」などに仕切られていた。数百人の警察、医師、看護師さん、自衛隊、消防団員、ボランティアたちが、せまいところで連日、早朝から休むまもなく動きまわっている。異臭に覆われた体育館の中で、全ての人々が、一瞬たりとも休む間もなく動いた。多くの遺体の中で、食事をする状態だ。一刻もはやく遺体の確認をして、家族のもとに返すという思いが、体育館中にあった。

体育館の隅でうずくまる家族たちに、冷たいお茶やおしぼりをそっとさし出し、また、体の不調を訴える家族にやさしい気づかいの言葉をかける人たちがいた。お線香の火を絶やさないように見ている若い女子学生の姿もあった。急きょ編成された藤岡市とその周辺の42の団体、延べ5千人のボランティアたちだ。

絶望のどん底に突き落とされ、わらにもすがる思いの家族たちの心に、少しずつ落ち着きを与えていったのが、このボランティアの存在だった。

家族が警察に話した情報から氏名が判明した遺体については、14日から家族に呼び出しがかかり、遺体確認が行われ、確認された遺体は安置所へ送られた。

未確認遺体の公開は、15日夜から始まった。家族自身が肉親と思われる遺体を見つける必要がある。指紋票、歯科医から取り寄せた歯のカルテが資料となった。

家族たちが10円玉をかき集めてやっとつながった公衆電話から自宅に連絡し、歯のカルテを歯科医師に頼むと最寄りの警察が取りにいってくれた。

体育館で見た惨状はあまりにも酷かった。多少とも人間的形状が残っている遺体は一つの棺に入れられていたが、部分遺体（手首や足首など）は、一つずつビニール袋に入れられて、いくつか一緒に棺に収められていた。多少とも人間的形状の残っている遺体を「完全遺体」と呼んだ。

混乱の中、少しずつ確認が進んだが、16日頃になると遺体の見つからない家族たちには、多少のあせりが見られるようになっていた。確認された人には、座席表に色で印が付けられていく。

乗客の何人かの方々の遺書が見つかり、新聞紙上に発表される。家族への伝言を残した人々がいた。黒いボールペンの乱れた文字が、黒革の手帳に刻まれていた。その遺書には、「生きたい」という叫びと無念さ、家族への愛があった。私は、健の思いをそこに重ねた。

座席位置によっては火災が激しく、焼けた遺体がかなりあった。直接死因のほとんどは全身断裂で即死だった。死因について書かれたその文字に最後の瞬間がだぶり、暗闇に突き落とされた気がした。生存者の4名の方々の座席は、いずれも最後部付近。スゲノ沢に墜落したときの衝撃に伴う飛散物からの被害が少なかったのだろう。

520人のいわゆる完全遺体、不完全遺体を確認することは、困難きわまる作業となる。座席番号が近いと、発見される場所も近くである確率が高かった。前部座席の乗客の方々の遺体の確認には時間を要した。

やっと確認できた遺体を抱きしめるようにして、家族たちのほとんどが、体育館で捜索、確認にあたってくださった人々に対して、「ありがとうございます」、「連れて帰れてよかった」という言葉を残した。そして、まだ確認できない遺族のことを思いやりながら体育館をあとにした。

藤岡市では毎日、確認された遺体の火葬があり、柩の数は675となり、柩が不足する事態となった。

「航空機事故の恐ろしさを嫌というほど思い知らされた4ヶ月だった。絶対にあってはならない残酷な遺体との対面でした」

後にまとめられた群馬県歯科医師会の本には、こう書かれていた。


遺体が確認された8月17日、健ともう一つの遺体を乗せたヘリコプターは、藤岡から羽田空港に向かった。

私たち夫婦と同乗した若い女性は、ご主人を亡くされ、健と同じ年齢だという男の子を連れてうつむきながら、「何もわかりません、これからどうしたらよいのか。不安です。何か情報があったらぜひ教えてください」と、私に頭を下げた。

羽田での別れ際には、「これから遺体とともに大阪に行き荼毘にふしますが、この暑さでは遺体の傷みが心配です」とつぶやいた。幼い子2人は、父の死をはっきりと理解していない様子で手を振っていた。

羽田から30分のわが家に向かって、車はライトを照らして進む。

健は、1週間前に元気に出かけた。50分の飛行機の一人旅を楽しみ、いとこ達と甲子園で高校野球を見たり、あこがれの阪神電車に乗り、夏休みの思い出とともに帰ってくるはずだったこの日、健は、この柩の中に……。

車は、ついこの間、ヘチマの観察に行ったばかりの夏休み中の小学校の校舎や、いつも遊んでいる公園や、友達の直ちゃんや幸ちゃん、けんじくんの家の前を通り抜けた。

その日から、通夜、葬儀と続くあいだ、家族は言葉を失ったまま、信じられないような日が過ぎていった。葬儀には、大好きだったPL学園の桑田真澄選手や清原和博選手のサインや、千羽鶴が届いた。全国高校野球大会で、PL学園は優勝した。

私を苦しめたこと

9歳で、しかも一人旅だった健。「ダッチロールの32分間」がどんなに怖かったかと想像すると、私の胸は張り裂けそうになる。「助けてあげる術が本当になかったのだろうか」と後悔し、最期をともにできなかった自分を責め続けていた。

事故から2ヶ月ほどたって、四国から電話があった。

「私の娘はやさしい子でした。子どもが大好きでした。きっと息子さんの手を、しっかり握っていたと思いますよ」

健の隣の席に座っていた娘さんのお母さんの能仁怜子さんからだった。

9歳の健と22歳の千延子さんは、機内でたまたま座席が隣同士。富士山が窓に映る頃、機体はダッチロールを始め、操縦不能になった。一人旅の健の手が宙を舞う。天国への階段を千延子お姉さんと手を繋いで登っていった。

ひとりではなかった。バラバラに砕けていた私の心は、この電話を貰った日から少しずつ自分を取り戻し始めることになった。

私は、藤岡の待機所の体育館で、唯一言葉を交わした遺族がいた。空を見上げながら、「御巣鷹の山の方向はどちらでしょうか?」とその女性が聞いてきた。2人で、一緒に遠くの空を見上げながら、その女性は娘さんを、そして、私は息子を捜していることを話した。

藤岡で声をかけあったその人が、健の隣の席に座っていた娘さんのお母さん、能仁さんだった。そのことは後でわかったのだが、偶然というにはあまりにも不思議なことだった。

この事故の特異性は、遺体の確認がとても困難だったこと。歯型だけでの確認も多くあった。夫と私は、その年の暮れまで、部分遺体を捜すために、何回も藤岡市に足を運んだ。そして、健の右足と左足を見つけた。荼毘にふしたのが3回、納骨を2回した。でも、私の中では、仏壇にもお墓にも健はいなかった。

健の死が信じられず、部分遺体をみつけるために気力をふりしぼり、必死に生きた。

合同火葬が近く行われるという12月の厳冬の日、最後の確認のため前橋に行った。仮安置所に並べられた百幾つかの棺は、一日でも早く家族の許に帰りたいと無言で訴えていた。男の人の足の間から見つかったという遺体を見る。塑像のような、首から上が真っ黒な顔。

急に健の笑顔が浮かんできて、思わず「もう一度会いたい」と叫んでいた。事故後4ヶ月たって、そんな変わり果てた姿で家族のもとにやっと帰れた遺体。でも、真っ黒な顔の遺体でさえ、羨ましいと思う気持ちがあった。

その日、健の、骨のない足袋のような形をした皮だけの足を、3回目の火葬にした。血液型と消去法により何度も法医学の先生と検討し、百幾つもの棺の蓋を、フラフラになりながら開けて見つけたわが子。

変わり果てた足と手の、わずかな部分。「でもこれで、天国で大好きだった野球ができるね」とつぶやき、清原選手や桑田選手などPL学園のナインから贈られた小さな帽子と千羽鶴を棺の片隅に入れた。

骨がないため、タバコの灰ぐらいにしかならなかった小さな健を骨壺に入れた時、「こんなに人の命を粗末にしていいものだろうか」という怒りが、私の胸に初めてこみ上げてきた。

この大事故の遺族は、3千人、親類などをいれると1万人はいるといわれている。

「一頭の馬が狂わば、千頭の馬が乱れる」という。520人が亡くなった。1人の犠牲者の陰には、何人もの遺族がいる。この事故はあまりにも突然のことの上、遺体がなかなか確認されなかったことや、遺品の確認や引き取り、部分遺体の確認などで、遺族たちは、通常の喪の行事の何倍もの負担を強いられ、それが苦しみに追い討ちをかけた。

遺品の公開は、8月末に群馬県警であった。夫と2人で、健の近鉄バファローズの野球帽を何度も探した。見つかったのは、小さな青いお財布で、そのなかには、紙が1枚。「ぼくは、ミヤジマケン」とあり、住所が書いてある。一人旅の健が迷子になった時のために、私が入れたものだ。あとは、サイズが20センチの運動靴。左右バラバラに見つかった。ひとつは、千切れて御巣鷹山の土がついていた。

私は、葬儀の時、健のランドセルを棺の中に入れようとして夫に止められた。夫は「それは残しておきたい」といった。だから、健のランドセルの中に、みつかった運動靴をそっとしまった。それからは、ランドセルを開けるのが怖かった。

事故から2ヶ月後、戸籍謄本をとった。健の名前の上に×印がついていた。ショックで涙が止まらない。

健は、学校から帰ると「ママのにおいが好き、ママのいない家はさびしいよ」と言っていた甘えん坊。本が好きで、世界の地理や日本の歴史や昆虫の本をいつも読んでいた。時刻表も愛読書で、よく電車の乗り換えの方法を考えていた。切手や切符を箱いっぱい集め、そして、雨の日には水たまりで泥んこになって遊んでいた。

事故の当日、健は、近鉄バファローズの野球帽を被ってでかけた。近鉄バファローズの野球帽を被った同じ背格好の少年をみると、つい追いかけていってしまうこともあった。健は、どこかできっと生きている。目には見えないけれど、どこかで生きていると思っていた。

そのころの私は、自分でも少し頭がおかしくなったのではないかと感じていた。だが、不安の感情を家族にも言えなかった。踏切にフラフラと近寄り、急に我に返ったこともあった。食事がのどを通らず、お茶碗のなかにも涙が落ちていた。体力の限界を毎日感じていた。

季節のうつりかわりもわからず、夕日をみるのがつらい。遺族同士で連絡をとり合いたいと思いながらも、なかなか実現できず、月日が経っていた。

健の匂いを求めながらも、衣装箱からセーターを取り出すのが怖い。街がクリスマスらしくなってきてもクリスマスソングに耳をふさぎ、外の世界はモノトーンにみえ、目が腫れるほど布団をかぶって泣く日が続いていた。台所に立つとドラえもんの茶碗をとって、夢遊病者のようにふらふらと健のいつもの席に置く。

健のランドセル、剣道着、夏休みの日記帳。3年生のたどたどしい鉛筆の字。庭の隅にあった、「3年3組　みやじまけん」と書かれた黄色いボール、タンスの洋服は、あの日のまま。部屋の中に健の匂いをみつける。

最愛の者を失って生きることが、死ぬことよりももっと辛いこと、幸せというものが、どんなに身近にあったかを、改めて知る日々だった。

事故の前、私の家族は、ごくごく平凡な家族の幸せを重ねていた。毎週日曜日は、家族全員で多摩川に行き、マラソンをしたり、犬のパルを相手においかけっこや野球をした。夕陽が川面を染めていくまで、小さな幸せを集めていた。その近くの河原には、事故後どうしても行けなかった。夕陽が怖かった。1ヶ月後、やっと河原に立ち、声を絞り、涙のなかで夕陽に向かって「健ちゃーん」と、家族皆で声がかれるまで呼んだ。

夫は、会社に行くのに電車に乗らざるを得ない。「健の好きな電車を今日も見た」と顔をゆがめた。お酒を飲んで帰ってきて、仏壇の前で泣いていた。健は、少年への一歩を踏み出し始めていて、目がいつもキラキラしていた。「好奇心旺盛な健がこれからどんな生き方を選ぶのか楽しみ」と夢を語っていた夫。その夢が断ち切られた無念さは、言葉にならなかった。

健は、幼稚園の頃から祖父母と3人で旅行に行くことも多く、食事もいつも一緒だった。おじいちゃん、おばあちゃんは、急に元気がなくなり、孫に先に天に召されてしまった辛さを嚙みしめ、「天使になったんだもの、皆を守ってくれるね」と繰り返しつぶやいていた。

事故から1ヶ月して、新潟の小学3年生の見知らぬ子供たち40人からお便りをもらった。一人旅で事故にあった健のことを新聞で知ったという。夏休み明けに先生が事故のことをクラスで取り上げ、可愛い文面で「歌手の坂本九ちゃんと仲良くしてね」などと、綴ってきてくれた。

クラスの子たちは先生と相談して、四十九日忌には50本近いジュースの1本1本に手紙を貼って送ってくれた。

「健ちゃん、野球をしてのどがかわいたら、天国で飲んでネ」という文面の書かれた箱いっぱいのジュースを手にしたとき、健を抱きしめた気がした。

その後も、クリスマスのプレゼント、母の日のカーネーション、作文……。他人の痛みをわが痛みとする感性とやさしい心に励まされた。新潟まで夫と2人、子供たちに会いに行った。

私は、このことを『いつまでも　いっしょだよ』という手づくりの絵本にした。絵を描くことが子供のころから好きだった私は、健のことを思い、水彩絵の具で絵を描いた。その時だけは涙が止まった。

詩のノート

私は、事故から1年後に、「野火の会」を主宰する詩人の高田敏子さんに、NHK文化センターの詩の教室で出会った。先生の目に映る私は、泣いてばかりいるようだった。

「健ちゃんを生かしてあげるのよ、心の中にいる健ちゃんを言葉にして生かしてあげるのよ」と高田先生。

私は、健のことを思っては、泣きながら詩や絵を書いた。それまで詩を書いたことはなかったが、詩の中では、健といつも一緒にいられる。幸せな時間だった。

私の詩のノートは厚くなっていった。山に登るたびに詩ができた。毎年、小さな詩集を御巣鷹山の健のところに届けた。

1989年、夫と2人で御巣鷹に登ったときにできた詩をまとめて『白い鯉のぼり』(野火叢書、花神社)という詩集を作った。そこに、高田先生は「あとがき」を書いて下さった。「生と死は固く結ばれていると思うの。こちらからは死者は見えないが、あちらからは見えているように思えるのです」と。私の枕もとには、高田先生の詩集『やさしい手』が置かれている。

＊ないしょ
「ないしょだよ　ぼく剣道で防具がつけられるようになったよ
ないしょだよ　パパにはないしょだよ」　耳元で　はずんだ声がする
本当は　大きな声で　皆に　伝えたかったのに
そのてれた　しぐさが　かわいくて　私はその夜　主人にその事を　話さなかった
自分の口から父親に　そのないしょ話を　告げることもなく
あの日から一週間後に　九つで逝ってしまった健
その小さな〝胴着〟を　たんすからとりだしながら　今夜こそは主人に
あの日のことを　話そうと思うのです

1987年作　小詩集『いつまでも　いっしょだよ』より

健は、鯉のぼりを揚げる日が大好きで、鯉のぼりが空を泳ぐのを見て、「鯉のぼりと一緒に空を泳ぎたい」と言っていた。

5月5日に、御巣鷹の尾根の健の墓標に、鯉のぼりを立てた。赤や黄の色合いの鯉のぼりでは、初節句の時に揚げた鯉のぼりが目に浮かんできて悲しいから、手作りの白い鯉のぼりを立てた。鯉のぼりを揺らす5月の風に乗って健と話をする。

事故後1年経って、健を123便の座席に案内した日航の女性社員から手紙を貰った。健は、私と手を離したあと、彼女と手をつないで搭乗口に向かった。健は、あの時、何を話したのかな？　と思っていた。

丁重な手紙には、こう書いてあった。健は、日航女性社員にこう言ったのだそうだ。

「ママとすぐ会えるよね」。

御巣鷹山は11月で閉山となり、4月下旬から山開きとなる。私は、健は、御巣鷹の尾根にいると思っていた。4月に開山すると、年に5回〜6回は夫と登った。

最初は、御巣鷹の尾根への山道を登りながら、何度も引き返したいと思った。しかし、木立の中からふと現れ、「お母さん」と走り寄ってくる健の姿がみたくて歩き続けた。

事故現場の焼けただれた土の上でもしっかりと根をはり、可憐に咲くコスモスに励まされ、生きなければと思った。群馬のチベットとも言われる寒冷地のこの山には、クマ、テン、ウサギ、リス、サル、イノシシ等の動物も多い。

この山から戻ると、不思議と心が安らぐ。「亡き人に会えた」という気持ちになる。御巣鷹の自然にふれる回数を重ねるうちに、そこにある木々にも石にも水にも神が宿っているように思えてくる。肉体は仮の入れもので、魂はこの山にある気がしてくる。

遺族同士が、登山道で声をかけ合ったり、いくつかの墓標に花をたむけたりして下山する。山小屋に立ち寄り、日航の社員とも言葉を交わす。慰霊地を守りたいという気持ちが、垣根をなくしている。それぞれの立場を超え、安全のことを一緒に話せる場所が御巣鷹だった。

事故後3年ぐらい経って1度だけ、雪の季節に登ったことがある。一面、白い雪に覆われた御巣鷹は幻想的だ。事故現場の悲惨さは雪に埋もれ、テンやリスの足跡が雪道にどこまでも続いていた。その静寂と寒さの中で、9歳で逝った健をつれて帰りたいと思った。

第2章　8・12連絡会

乗客名簿

事故から3ヶ月を経た11月中旬のこと。8月13日の新聞の朝刊全面にあった乗客名簿を、私は、再び手にした。そこに載っている住所と名前を手がかりにして、電話局に電話番号の問い合わせをはじめた。

1人、2人……1週間後には、ねずみ算式に、十数名の方々との連絡がとれていた。問い合わせをする中心メンバーも3人となり、その女性3人が、東京自由が丘に集まって会を結成しようという話がまとまっていた。

3人の女性が知り合ったのは、9月初めの藤岡市の体育館。そこには、身元が確認されていない部分遺体があった。健は、足がなければ、私たちのもとに戻れない。何とか家につれて帰りたいと、私たち夫婦は藤岡へ足を運んでいた。こうして遺体確認をしている時に、3人は声をかけ合い、話をした。私は子を、そして、2人の若い女性は夫を亡くしていた。

街の雑踏の中でも亡き人の姿を捜してあてもなくさまようか、家から1歩も外出しない状態が続いている、最も苦しく辛い時だった。

私たち3人は、新聞の乗客名簿の住所をもとに、手わけして連絡をし始めた。乗客名簿は、住所の訂正で真っ黒になり、遺族の名前が書き込まれていった。全て手書きの1冊の名簿が出来た。事故時の猛暑から秋を経て、季節は、初冬へと向かっていた。

遺族同士がかけ合う電話の輪は、瞬く間に広がった。誰にも話せない心の内を、やっと伝えることができた。


「ブルドーザーで今、家を壊しています」それだけを言い、電話がプツンときれた。そして、またかかってきた。神奈川県の娘夫婦一家4人全員をなくされた老いた父は、娘たちが住んでいたその現場に立ちすくみ、涙ながらに訴えた。「今、家も無くなった。でも生きなければ」電話のこちらとむこうで、お互いに泣いた。ぐしょぐしょになり、互いにはげまされた。

「この電話を待っていたのよ……」と言いながら、黙ったままの人もいた。せきを切ったように、あの悪夢の日からのことを話し続ける人もいた。「夕日がつらいの……」涙の音を聞きながら、いつしか、互いにはげまし合っていた。みんな同じ気持ちだった。

私たちは、電話の向こうの涙の音を聞きながら、自分たちも泣きながら、電話のダイヤルを毎日まわしていた。

突然にそれまでの生活を脅かされる出来事に遭遇し、その出来事が、自分たちの人生を根底から揺さぶり壊していく……。でも、悲しみを封印するのは、二重の苦しみを背負うことになると私たちは思っていた。

肉親が、あの飛行機に乗り合わせたというつながりだけなのに、ずっと昔からの友人のように会話を続けた。

妻と子供たちが亡くなり、1人残された夫2人は、仕事を終えた深夜に神奈川と大阪とで電話で毎日語り合った。「子供たちが餌をあげていた金魚が死んだ」、「子供のおもちゃが置いてある玄関に立ち、誰もいない暗い家に入れず、家の前で1時間以上泣いていた」など、遺族しか語れない寂しさや心の内を素直に語り合った。冬の深夜、電話の受話器がほんのりと温かかった。深夜、東京・神奈川・大阪・神戸と電話網は長く、広くなった。悲しみが、こんなに多く集まっているのに……。

悲しみはひとつになった。

「8・12連絡会」を結成

事故から4ヶ月目。遺族は、「8・12連絡会」を結成することとなった。

しかし、毎日電話をかけ続けても、遺族への連絡は、電話番号入りの名簿がないためなかなか進まない。遺族会を結成するということで、家にマスコミがやってきた。「まずは連絡を取り合いたいと思って呼びかけたのです」と私が言うと、記者たちはいったん帰っていった。

一人、夜道を戻ってきた記者がいた。NHKの記者だった。乗客名簿を手にしていた。「使ってください」その記者は言った。日航から提供された名簿だった。飛行機という乗り物ゆえに、氏名や連絡先が記されている名簿があったのだ。それからは、全国の遺族にあっという間に連絡がついた。この記者のことは、今も私の心にある。

この名簿は、個人のプライバシーを保護するためにきわめて慎重に扱った。

最初は会員が集まるのかと不安な気持ちだったが、結成のニュースが流れると、家には全国から電話の問い合わせが相次いだ。私は、「肉体はあの山でバラバラになってしまったけれど、遺族の心はきっと一つになれる」と信じていた。

事務局を引き受ける人が決まった。みんな仕事を持っているので、深夜の会合が続いた。若い人が事務を担当。事務局は、東京で交通の便のよい私の家。こうしてわが家は、遺族が集まる場となった。この時、私と夫は、38歳。それからの毎日は、一刻も休む間もない日々だった。

私は、会の「趣意書」にある内容を毎日新聞に投稿した。「世界の空の安全を求めて活動します」という会の目的を知らせたかった。

１９８５年12月7日、東京の大田区で開かれた第1回の集会では、最初から最後まで涙をふいている人、睡眠薬を手ばなせない妻、幼い子をおんぶして参加する母がいた。子供2人を亡くした女性は、「死にたい」と泣き伏した。みんな、明日がなかった。苦しみ、悔しさのどん底に投げ込まれていた。でも、このままではいけないと考えていた。

遺族会というと、闘争している印象がある。また、いつも下を向いている姿が想像される。しかし、第1回集会で、55歳の夫を亡くし、一人ぼっちになった妻はこう言った。「事故後3ヶ月間で喪服を何度も着た。火葬、個人葬、社葬、合同荼毘……その度に悲しみに打ちひしがれた姿を期待された。でも、もう下を向きながら生きていくことに終止符を打ちたい。しっかりと前を向いて、なぜ、最愛の人が死ななければならなかったかを世に問い、亡くなった人の分まで生きたい。遺族という文字は削ってください」。

集まった遺族は15人。皆、初対面。この発言で、会場のあちこちでもれていたすすり泣きが一瞬止まり、静まりかえる。しばらくして拍手がおこった。彼女の訴えが採用され、「８・１２連絡会」と命名された。

連絡会は、アピール文を徹夜で作った。ここに、原文のまま記す。

《8月12日の日航機事故から4ヶ月がすぎた今、私たち遺族は手を取合って立上がることを決意いたしました。

私たちが手を取合うことができるのは、私たちの最愛の人たちが、あの死の前の無念と苦痛の時間を一つの空間で共有したという事実と、残された者同士が、その悲しみ、怒り、悔しさを共感できるという認識があるからです。その強い絆で支え合いながら、私たちは、この事故の示唆するところを世に広く問いかけていきたいと考えています。

この連絡会の目的は、遺族相互で励まし合い、助け合い、一緒に霊を慰めていくことです。また、事故原因の究明を促進させ、今後の公共輸送機関の安全性を厳しく追究していくことです。私たちは、あの忌まわしい出来事が繰返されないために、世界の空が安全になることを心より願って行動を起こしました。

私たちは、独自の主体性を守り、他のいかなる政治、宗教、組合等の団体に属することはしません。また、利益を追求することや、会として補償交渉の窓口となることはしません。

一家の大黒柱を失い暮らしがなりたたない人、乳呑み児を抱えて日々の生活に追われている人、家族全員を失い一人ぼっちになってしまったお年寄りなど、さまざまな状況の中で、不安な日々を送っている人たちがいます。私たちは、この事故でそういう社会的に弱い立場におかれてしまった人たちとこそ、心を結び、助け合っていきたいと願っています。

また、事故調査委員会の原因究明を厳しく監視し、事故原因が曖昧にされてしまうことがないよう見守りながら、日航とボーイング社の責任を問うていきます。

さらに、運輸省、関係当局ならびに日航、ボーイング社を含む公共輸送事業者に対しても、事故再発の防止のため、抜本的な安全対策を要求していきます。そのことによって、あの事故でこの世を去った人たちの霊を、本当に慰めることができると信じます。

私たちは、「遺族」と呼ばれ、悲しみに打ちひしがれた姿を期待され、下を向きながら生きていくことに終止符を打つために、あえて会の名から「遺族」の文字を削りました。今は「遺族」を憐れんでいる誰もが、第二、第三の「遺族」となる可能性をもっているのです。

私たちは、蟷螂《とうろう》の斧と言われようとも、多くの方々と、共に考え、行動することを宣言し、広く皆さんに呼びかけます。

1985年12月20日　8・12連絡会》

「8・12連絡会」が結成され、280家族が入会（25年経った今も140家族が会員）した。多くの人々の支援と協力を得ながら、皆が苛酷な運命をのりこえようとしていた。

遺族のやることは嘆き悲しむだけでなく、しっかりと立ち直り、520の御霊を慰め供養すること。そして、死んでいった人々の犠牲により世界の空を安全にすること。そのためにも事故の真相を究明し、再発を防止することを目的に活動しようと、結成当初に決めた。

残された人は、亡くなった人のために何かをしてあげたい、彼らが無念に思っているのは何だろう、今生きている私たちができる事は何か、と思い、亡くなったあなたの命を決して無駄にしない、悲しみを二度と繰り返させない、そのためには社会の仕組みを変えていきたい、と考えた。

事務局を自宅にすることに、同居している私の両親も協力してくれた。父は、「机の上ではできない勉強ができるよ」と、戸惑っている私の背中を押してくれた。

周囲の人たちは、悲しみを背負った人たちに言葉をかけたいが、近寄れない。どうしていいかわからない。

大切な人を亡くしたときに生じる様々な問題は、社会では当事者が解決していくことと思われ、「死」の話題は避けられていた。悲しみは表に出せなかった。また、一人ひとりの悲しみは、違った。家族の中でも、その立場で違った。だからこそ支え合いたかった。

「よろこびが集ったよりも悲しみが集った方が　しあわせに近いような気がする　強いものが集ったよりも弱いものが集った方が　真実に近いような気がする　しあわせが集ったよりもふしあわせが集った方が愛に近いような気がする」、星野富弘さんの『四季抄　風の旅』にこんな詩がある。

この時も、こんなにたくさんの、一人ひとり違う悲しみが集まっているのに、悲しみは一つで心も一つになれた。互いを思いやる心が仲間にあった。そして、私もこの仲間がいることで、生きなければと思っていた。

賠償問題の窓口にはならない

連絡会は、12月20日、第1回総会を群馬県教育会館で開き、アピール文を採択した。このアピール文にあるように、連絡会は、いままでこうした事故の遺族会のほとんどが課題としていた賠償問題の窓口にはならないとした。

このことについては、後からもいろいろと賛否両論でてくるのだが、520人それぞれがまったく違った状況にあるなか、遺族会を運営する家族が賠償問題の窓口となっていくのは、あまりにも困難が多いと思った。

事務局を引き受けることとなった私の夫は、保険会社に勤めていた。交通事故などの賠償金をめぐっての家族の争いごとを目の当たりにしていた。家族のどろどろした苦しみを見ていた。

そんな体験から、夫は、「賠償問題をすることで、個々の事情に深く立ち入らざるをえず、金銭や家庭のトラブルに関与し、結果的に遺族同士が、傷つけ合うこともある。同じような仕事や年齢のビジネスマンや、同じ年齢の子供でも、金銭でのやりとりのなかでは、数字としてはっきりと差がでる。そのことが、遺族の絆を弱めかねないと危惧する」と発言した。会発足時の中心メンバーは、深夜も話し合いを続けた。そして、この夫の発言を尊重することになった。

原因究明と賠償問題とが表裏一体であることや、遺族にとって、この問題はさけて通れないものであることは、十分理解していたつもりであった。しかし、この時点においては、賠償問題にしぼって遺族の結束を図ることよりも、山積する問題の中から、まず一番に、事故調査委員会による原因究明を厳しく監視し、事故原因が曖昧にされてしまうことがないよう会として見守ること、日航、ボーイング社、運輸省の責任を問い、公共輸送事業者に対しても、事故再発防止のために抜本的な安全対策を求めることだとアピール文に明記した。

肉親が、たまたま事故機にのり合せ、死の直前の32分の間、無念と苦痛の時を過ごした。その空間を共有した520人は、もの言うことなくこの世を去ってしまった。残された私達は、520の人々が一番言いたかったことを形にしたい。それが唯一の、そして最大の絆になる。この絆で遺族同士が支え合い、事故が示唆することを広く世に問いかけるのが、何よりもなすべきことであり、最愛の人々の霊を慰め供養していくことにつながると信じた。8・12連絡会の基本姿勢が固まった。

連絡会では、会員が全国に分散しているため、会員の考え、意見、要望などを集約する方法としてアンケートをとり、それを会報「おすたか」に掲載していく方法をとった。

最初に行ったアンケートでは、会員が今、会として何を一番して欲しいかという事項にしぼって聞いてみた。その結果、①情報の交換 ②日航、政府、ボーイング社（以下ボ社）の責任追及 ③慰霊行事をすすめていく ④事故再発防止のための安全方針を求める、がそれぞれ90％を超えていた。

そこで、会では弁護士を交え、刑事責任の追及の検討を開始した。アピール文にあるように、会としては、①補償交渉の窓口にはならないが、交渉方法や経過を会報で情報交換する ②事故の再発防止にむけて、日航、ボ社、政府の責任の所在を明確にするために団結して行動をおこす、これが、大きな目標となった。

そして、真の事故原因を究明し、520人の死を将来の航空安全に役立たせるために自らも学び、航空行政や業界への働きかけをしていこうという声が高まった。遺族としての社会的な役割を果たしていこうという気持での活動は、遺族の絆を深め、補償問題のみでないとした活動内容が効を奏して、遺族の枠をこえた人々が活動に参加することとなった。

会は、会費制とした。会の会計と事務局は分離した。また、会に対して日航からの金銭的な支援は、どんなことでも受けないこととした。このことが連帯を強くした。

8・12連絡会が発足してから、自宅は、手紙の山になった。

発足から2日後、奈良県の寒村に住み、娘夫婦を亡くされた父からの手紙が届いた。「私共は、吉野の山奥で、遺族の方誰一人知り合いもなく、情報に乏しく、時々出る記事をむさぼるように読む以外に方法がありません。合同慰霊祭、最後の合同火葬が終れば、遺族の方々と会う機会もなくなり淋しいなあと思っていた矢先に会結成の報を読み……うれしくて」とある。

また、山陰の山里に暮らす、一人娘を亡くし悲嘆にくれた母は、「心が癒えるのに何日なんて決まっていないのです。何はともあれ命つづく限り残された者は耐えて生きていかねばなりません。一人ぼっちで考えこんできたことを振り向きつつ、同じ考えの人をみつけた喜びで、今は何となくうれしさが見えてきています。『悲しみは一つ』と心に刻みました」と記している。

藤岡での遺体確認の日を綴る文面には、「来春の結婚を夢見たであろうウェディングドレスを娘に着せて、一条の煙とともに白骨と化したその遺骨を抱きしめた時、とめどなく流れる涙とともに、よう帰ってきたのうとおもわずほほえんだ」とある。

一家全員が亡くなり、残された老夫婦は、「糸の切れた凧の状態です。私たちは、何も要りません。生命は黄金を積むもこれを買うことができない、可愛い娘夫婦と可愛い孫に永遠に会えない。この悲しみは生涯続きます」。

また、突然に夫が亡くなり、膨大な雑務により、故人に話しかける時間が取れないことへのむなしさも綴られていた。亡くなった人との会話を大切にしたい。この言葉は、多くの遺族から聞かれた。

若い遺族からは「老人と娘2人を抱えて、25日に給料日が来ても振り込まれなく、補償交渉が長引くことを思う時、生活の心配がよぎります。母子家庭になられた方との交流を持ちたいと思います」とあった。

また、多くの遺族が、自分自身を責めていた。

「すまん、すまんと毎日仏壇の前で詫びています。生きている人間としてそれしか方法がないのです」。さよならも言えずに別れてしまったことで、なおさら後悔が募った。この気持ちは死ぬまで続くといった。「我が子を殺してしまった」という思いは、果てしない気がした。私も同じだった。

運命の分かれ道が家族の中でもあった。父がこの便を選んで亡くなり、娘は違う会社の便に乗り生き残った。同じ日、同じ時刻に大阪に向かう便だった。「父は飛行機が大好きな人でした」と手紙に書かれていた。

こうした手紙が、毎日、2、3通はあった。

遺族への理解が少ないことで傷つくことも多かった。これは、遺族同士なら理解できることばかりだった。「周囲にさりげなく見守ってほしい。型どおりのお悔やみはいらない」。特に、補償問題のことを聞かれると「心が凍り、外出ができない」と書かれた手紙が多く来た。

憤慨するという内容で多かったのは、事故直後から宗教団体からの勧誘の電話が次々とかかってきたこと。お墓の業者の電話もしつこかった。また、補償金を目当てに銀行員が訪ねてくるのが煩わしく、悔しく、傷ついた。

マスコミへの不満も多く、事故直後に無神経にカメラを向けられたことや、故人の写真が勝手に使われていたり、新聞に言わなかったコメントがのっていたことなども、怒りとともに報告された。

「強引な取材やめて下さい」、「どんなお気持ちですか？　と聞かれ本当に腹が立った」とある。過剰な取材が、遺族をさらに苦しめた。個人情報保護法は、当時まだ成立していなかった。事務局では、報道人という前に人間として許されないはずの行為に首をかしげた。

それまでふつうの主婦だった私にとっては、わからないことばかりだった。特に、マスコミへの対応が大変で、むずかしかった。事故を伝えていくためには、取り上げられることは再発防止になると考えた。マスコミはこわいが、でも声を上げていこうと思った。「マスコミには順番で出よう」と、事務局で話し合った。

日航の対応のタイミングの悪さも感じた。

世話役という制度は、1971年から定着した日本独特の制度だという。事故当初の世話役に対しては、「今でも感謝の気持ちを持っている」と話す遺族も多いのだが、世話役と遺族とが直接向き合うことは、双方にとって相当の負担があった。

会社としての方針を伝えようと世話役は必死だった。また、一方で、世話役とトラブルを起こしたくないと感じている遺族も多くいた。「世話役がお参りしてくれるのもつらい、してくれないのもつらい」という気持ちを、加害者と被害者という壁を越えて理解するのは時間がかかった。また、個々の遺族についた世話役の情報が統一されていないために、会社の誠意が伝わってこなかった。

会報「おすたか」の役割

事務局のメンバーも増えてきた。「家にいても一人ぼっちなので」と、自分の枕や寝巻きを持って家に何日か泊まっていく人もいた。「だれもいない家に帰るのがこわい」と言う人もいた。

事務局といっても、専用の部屋があるわけではない。会報作りは、最初は、ガリ版印刷だった。鉄筆を握った若い遺族は、ぬくもりのある手作りの字に遺族たちの凛とした決意を刻みこんだ。出始めたばかりのワープロも買った。その後は、夫が、中古の印刷機を買ってきて居間に置いた。手紙も電話もひっきりなしという状態。でも、みんなで一つのことをしようという熱い思いが渦巻いていた。

大きな家族のようになって、入れかわりたちかわり、手紙の山を開封したり、会報「おすたか」をワープロで打ったり、編集したり、電話をとったりした。「おすたか」は、1985年12月に準備号を発刊し、以後、月に1号のペースで作った。事務局では、会報発行の準備に深夜までの活動が続いていた。

「亡くなった520人の死を無駄にしたくない」、そんな訴えが多い。補償に関しての問い合わせも多くきた。毎日のように来る会員からの手紙や電話は、あまりにも悲痛なものが多かった。

遺族一人ひとりの悲痛な悩み、言葉ではいい表わすことのできない深い悲しみ、明日からの生活のこと、幼い子供のこと、補償のこと、日航の対応……皆、それぞれの事情を手紙に書くことで、その日一日を何とか終えていた。

「死にたい」と一言書かれた手紙や、「このまま死んだらどんなに楽だろうか」という電話もあった。自分を責めていくことで、自分が残ったことへの後悔の気持ちを抑えていた。

また、会員からの近況を「おたより」として載せ、会としての活動の報告、アンケートの結果などを中心に誌面を作った。若い遺族メンバーがワープロの音を深夜までひびかせ、居間にある印刷機で深夜に印刷し、製本をするという手作りだ。何故か、黙々と仕事することで、心が落ち着いた。現在95歳になる私の母は当時70歳、会報を作る人たちに食事を用意してくれた。会員が皆で作り、会員以外の人々にも広くアピールしていく会報をめざした。

「『おすたか』を読むのは、とても楽しみです。8・12連絡会がなかったら、他に情報は何もありません。今の私の生活の支えになっています。同じ立場だと思うと、それだけで勇気が出ます」という文面に、事務局は励まされていた。こうした文面を、皆で共有した。

ありがたいことに、遺族の悲しみに寄り添う手紙も全国から届いた。それらを「応援の手紙」として、「おすたか」にのせた。

「おすたか」は、全国に点在する遺族の情報を共有する役割を担い、遺族全体の知識を高め、より活動を広げて結束させる役目を果たした。そして、なによりも、遺族の仲間作りの基盤となった。「おたより」を読んで、同じような状況の遺族が互いに励ましあい、一緒に慰霊登山に出かけていく。悲しみが集まり、そこから、いろいろなやさしさが生まれていった。

連絡会では、実に広範囲にわたって、発信できるところには全て「おすたか」を配布した。遺族のほかにも、運輸省航空局、事故調、群馬県警、医師会、社会福祉協議会、上野村、日航、航空学者、報道関係、一般購読者……。「おすたか」は、活動を支援し、励ましてくださる方々との太いパイプになった。

そして、1986年の8月12日、一周忌に『聞こえますか』という手紙集を出した。会結成から7ヶ月間によせられた手紙を公開した。心の傷は、外からは見えにくい。出血している傷の状況を自ら語るのはつらい。しかし、遺族たちは、その心の内を仲間たちに語った。

「何故、日航の飛行機が飛び続けるのか？」、「営業停止にはならないのか？」との怒りも伝えられた。結婚式を2ヶ月後に控え、恐怖と闘いながら、婚約者とともに亡くなっていった一人娘を思う母の文面は、「かわいそうで胸が張り裂ける思いです。悲しみは私たちでたくさんです。そのために、空の安全を願って告訴をする次第です」と結ばれていた。

手紙の封をあけ、一つ一つに目を通しながら、涙を流した。涙は便箋の上にポトポトと音をたてた。

クリスマスの日

「12月24日のクリスマスイブは、いやだな、外に出たくない」という若い遺族の言葉がきっかけで、事務局ではクリスマス会をした。東京近郊の人たちが私の家に集まる。弁護士も一緒になって、15人で食卓を囲んだ。

父を亡くした若い大学生は、ケーキを持ってきた。横浜の夫をなくした妻は、小学生の子2人を連れてきた。夫を亡くし一人ぼっちになった女性は、久しぶりに台所に立ったと言った。

海外出張中に妻と子供3人を亡くした男性は、誰もいない家に一人でいると淋しくて、会社の帰りに事務局に足が向くといって笑った。

結婚して2年だった妻は、納骨のため郷里に帰る日だったが、遺骨を抱いて参加した。夫の骨をペンダントの中に入れていた。

新婚3ヶ月で妻を亡くした夫は、彼女の好きだった歌手のチューリップの曲『サボテンの花』が流れると号泣した。

クリスマスソングを、泣きながら皆で歌った。事故後初めて、互いの中に忘れていた笑顔を見つけたクリスマスイブ。

刑事告訴に踏みきる

86年の1月29日に開かれた、東京地区の集会でのこと。

「社長室の前で灯油を被って死にたい」と、子供を2人亡くした女の人が、泣き笑いのような、投げ出したような表情で語った。

集会の席でそういう発言をすることは少しも不自然ではなく、むしろ、そういう声を受けとめあうために集まっている、とも言えた。誰かが励ましの言葉をかける。普段の生活では周りに遠慮して言えないようなことを正直に言える貴重な場所だった。その同じ集会で、刑事告訴の話も持ち出された。

そして、翌月の2月15日、大阪市立労働会館で、遺族の集まりを持った。242名が参加し、椅子が足りなくなるほどだった。東京で少人数が集まり、顔をつき合わせて話しているのとは、勝手が違う。とにかく身を寄せ合おう、と会を結成した時の雰囲気とも違う。

どの人も、あの事故以来、何ごとにも疑い深くなって、身を固くしている感じだった。そんな人が大勢集まって、一つのことを話し合おうとしている。集会の後半では日航幹部が出席し、遺族の質問に応じることになっていた。

集会で話し合う内容は、遺族へのアンケートの結果に添ったものだった。アンケートを発送したのが、1月19日。「連絡会でやっていきたいことはなんですか」という質問をした。結果は、「刑事責任の追及」が一番多かった。父を亡くした26歳の女性は、「亡くなった人たちの声をこの世の人たちに届けられるのは私たちしかいない」と書いていた。

午後1時に始まった集会は、最初から独特の緊張した雰囲気に覆われた。はたして、話し合いがスムースに進み、今後の会の活動指針が固まるのか、私は不安だった。

しかし、それは取り越し苦労におわった。事前に作成した告訴状の原案を配布する。たくさんの真剣なまなざしがあった。うれしかった。

その後の日航の社長らとの話し合いでは、遺族側の振り絞るような訴えに、彼らは、「社会の常識、通念というものに基づきまして」、「お気持ちは分かっておりますので、考えさせていただきます」、「誠心誠意……」といった決まり文句に終始した。この言葉を聞きながら、出席した多くの遺族が、「この事故は人災であったのだ」という思いを強くしていった。そして、ますます、事故の悲惨さ、死んだ人たちが味わった苦しみ、それを招いたことの重大さにふさわしい形で責任をとってもらいたい、と思ったのではないか。刑事告訴をするという提案は、そんな遺族の気持ちと一致したのだと思う。

全国に散らばった遺族は、たまたま家族が同じ飛行機に乗り合わせた、同じように愛する人を失ったというだけの縁である。顔も知らなかったし、もちろん、物の考え方も様々のはずだ。その遺族たちが、何か一つのことをしようとしているのである。何かできる。そんな気がした。

会には、遺族に寄り添う弁護士たちがいた。まさに、手弁当での支援をしてくれた。なかでも、海渡雄一弁護士と梓澤和幸弁護士は、遺族と同一の目線で話をし、8・12連絡会の集会に毎回来てくれた。詳細は後述するが、事故原因を究明する目的で作られた8・12連絡会の原因究明部会も引っ張ってくれた。

遺族にとって、支援してくれる弁護士たちは、多くの「なぜ」を共に考え、解決していくために有難い存在だった。不安な遺族を元気にしてくれた。事故にあうまでは、弁護士というと特別な存在と考えていた。だが、彼らは、多くの支援をしてくれ、いつもこころよく相談にのってくれた。会を無償で支援するこの弁護士たちがいなかったら、何事も前には進まなかっただろう。

今、様々な事故で、被害者に寄り添う若い弁護士に出会う。民事訴訟に至らない段階で支援をしてくれる弁護士は、経済的にも負担が大変だと思う。私たちのように刑事訴訟となると、さらに長い時間お世話になる。彼らは、本当の意味での遺族支援をしている。

2月15日の大阪集会の日から4月12日の第一回刑事告訴の日まで、事務局は、弁護士を交え、その準備に追われることになる。告訴状は、連絡会の顧問弁護士4人と遺族が夜を徹して作成にあたった。

事務局ではこんな話をしていた。

「あれだけの人が死んでいる事故でしょう、普通、交通事故でも刑事事件でしょう、あれが刑事事件じゃないってことのほうが不自然」と、父を亡くした若い女性。「この問題が刑事事件にならないはずがない、絶対やりましょう」と、娘一家を亡くした初老の男性。「刑事事件になれば、多少でも真相がはっきりして、再発防止につながるんじゃないか」と言った人は多かった。また、父を亡くした大学生は、「刑事事件にするという認識、概念が、僕はなかったですよ」。夫を亡くし、小学生の子供がいる女性は、「刑事事件と民事事件の違いをはじめて知りました」と話す。

私たちは、新聞やテレビで聞きかじった言葉の意味を弁護士に説明してもらったり、すでに告訴をしていた羽田沖事故の遺族会の例を聞いたりするうちに、誰でもが使える方法が準備されていることを知った。もう二度と同じ事を起こさないため、誰かが、苦しい、悲しい思いをしないためにも、使える方法を使い切ることが、私たちに与えられた責任のような気がした。

この告訴について、後に海渡弁護士は、「群警が捜査をやっていたが、このまま放っておいたら起訴までいくかなという不安はあった。だから、遺族がバックアップ、つまり告訴をしないと前に進まないいんじゃないか、と思い、勧めた」と話す。梓澤弁護士は、「事故原因を究明するためには、一番いい方法だと思いましたね」と言う一方で、「乗員組合などが一貫して、刑事責任の追及に反対していることが気になっていた」という。

米国などでは、事故原因の追及を優先するために、航空機事故の関係者に限っては刑事責任が免責される。決して責任を問わないから、本当のことを言いなさいというわけである。当時、私たちはまだそういったことを知らなかった。また、日本では制度も違う。被害者と航空関係者、事故の再発防止という願いは同じでも、そこに至るまでの道が互いを邪魔することもある。

しかし、このとき告訴・告発をしたことは間違っていなかったと思う。この件について、会では折にふれて議論した。最終的に、「刑を与えるのが目的ではない。捜査機関、事故調にたいするプレッシャーになる、黙って見ているのではなく、これだけの遺族が見張っているという、意見表明としての告訴である」と、この告訴を位置づけた。

刑事告訴をするにあたり、遺族は、告訴に賛同する周囲の人々に、告発人という形で参加をよびかけた。よびかけ文にはこうあった。

「わたしたちは、真実が明らかにされ、正当な裁きのもとに世界の空が安全になることを望みます。５２０の御霊が安らかになるために」

告発人として署名をいただくことは、遺族にとってつらい作業でもあった。しかし、全国各地で、遺族は、告発人の署名集めに奔走した。激励の言葉をいただく一方で、「権力に盾つくと後で損をする」と言ってペンをとってくれない方もいて、少し悲しかった。

誰を告訴するのか

刑事告訴をするにあたっては、連絡会として基本的な姿勢があった。それは、刑事告訴をするには、個人を特定しなければならないという法律に関することだった。

このような大事故、複合化された巨大システムの中での事故では、ミスがどこで起こったかを特定するのは、大変困難である。しかし、それでも、個人にしか刑事訴訟法は適用されない。すなわち、悪くすれば、刑事告訴をしたら、現場の整備員一人だけに罪をかぶせてしまうような〝トカゲのしっぽ切り〟的な方法で決着がついてしまうこともあるというのである。

私たちは、この事故の原因を明確にするとともに、トップにある人の責任こそ問われるべきだと考えていた。国際民間航空機関（ＩＣＡＯ）の条約には、「経営の責任者の姿勢によって安全確保が左右され、安全性がそこなわれた場合の責任は、そのトップの経営者にある」とある。

日航は、営利を追求するあまり、安全の確保を怠ったのではないか。この点に最もメスを入れたいと、8・12連絡会は考えていた。

しかし、刑法は、明治時代に制定されて以来ほとんど形をかえていない。その刑法にしばられ、企業全体の責任を問うことができなかった。

そこで、関係各機関のトップにある人たちを被告訴人としたい、と弁護士に伝えた。これは、法律上、大変困難なことだ。それでも、企業全体の責任を問わなければ、再発防止にはならないと考えた。

弁護士は、こう説明した。

「告訴事実は、事故の原因、因果関係を特定して、はじめて成り立つ。ところが、この事故の原因は航空事故調査委員会が調査中だ。新聞紙上では隔壁の修理ミスを第一原因とする隔壁破壊説が先行し、ほぼ既定の事実として報道されていたが、これは、修理ミスを認めることで、問題を設計にまで波及させないためのボ社の戦略ではないか」

確かに、生存者の証言などから分かっている事故当時の機内の状況をみると、急減圧があったとは考えられず、隔壁破壊説先行への疑問も残っていた。

今回の事故は、航空機が最も安全といわれる巡航飛行中に、天候等の外的な要因もないのに操縦不能に陥って墜落した点に大きな特徴があった。逆に言えば、航空機の設計→製造→修理→整備の過程に問題がなければ、絶対に起こらないと思われる事故だったのである。

事故からわずか4ヶ月後の12月5日、米国ではNTSB（米国家運輸安全委員会）がFAA（米連邦航空局）に対し、「安全についての勧告」を行っている。NTSBは事故後ボーイング社で

行った実験や解析などを参考にこの事故の原因を分析し、

①すべてのボーイング747型機に対し、尾翼にかなり大きな内部圧力がかかっても今回の事故のような致命的な破壊が起こらないように設計変更すること。

②同じくそのような場合に4系統の油圧システムのすべてが損傷を受けることのないように設計変更すること。

③ボーイング747型機だけでなく新しい機種である767型機に対しても、後部圧力隔壁が本当にフェール・セーフ性を持っているかどうか、ボーイング社に解析と実験をおこなわせ、これらの機体の圧力隔壁の設計を再評価すること。

④後部圧力隔壁に発生する可能性を持つ同時多発型の金属疲労による亀裂の大きさを調べるために通常の目視検査より高度な点検が行えるように点検の間隔を設定するよう、ボーイング747型機の点検規定を改訂すること。

という勧告をおこなっていた。迅速かつ的確なものだと思った。

この勧告を見る限り、実際に、機体の圧力隔壁には問題があると見られていたことが分かる。すなわち、圧力隔壁破壊説の先行はボ社の戦略として打ち出された、という見解は、必ずしも当らないと考えられた。

同じく1985年12月に公表された運輸省事故調の第3次中間報告で、事故前に隔壁に合計29センチに及ぶ亀裂が存在していたことも明らかにされた。結局、若干の疑問を残しながらも、告訴の基本となる事実関係としては、圧力隔壁破壊説以外の選択肢はなかった。

誰を告訴するか、というのは、遺族としてなぜ告訴するのか、に深くかかわったテーマだった。

結果的に、次のように落ち着いた。

ここに、1986年2月の弁護団から連絡会あての提案文書（遺族の意向をくんだうえで、弁護団の会議で作成されたもの）がある。この中で、告訴・告発の意義は3点に整理されている。①事故の責任追及、空の安全の確保を願う遺族の率直なアピール　②事故調、捜査機関による事故原因究明を促進させ、安易な幕引きをゆるさない　③仮に不起訴となったとき、検察審査会に申し立てることができる。そして被告人については、裁かれるべきは、営利追求姿勢にあることを明らかにするため、被告人は責任者に限定し、パイロット・乗務員・整備士等は対象としないのが相当であると考える。

今から考えれば不思議なことであるが、誰を被告訴人にするかについて、私たちは、ほとんど迷いがなかった。事故機を最後に整備した人とか、圧力隔壁を間違って取り付けた人を告訴しようと考えてもおかしくなかったと思う。当時の告訴事実の構成からすれば、隔壁の亀裂の発見ができなかった整備員に刑事責任の追及を行うことは十分可能であった。後に群馬県警によって送検された被疑者のなかにも、現場の整備員が1名含まれている。

しかし、整備にしても修理にしても、訓練やマニュアルが行き届き、きちんとした計画の元に十分な時間が保証され、労働条件が整っていれば、現場の人はいい仕事ができる。それを最終的に左右する力があるのは、経営陣である。いや、そう整理して考えたのは、もっと後になってからだったような気もする。他の人たちも同じだと思うが、告訴した当時は、個人ではなく何か大きな壁に立ち向かっているという感覚だった。

事務局に集まりみんなで話し合った。連絡会結成時のアピールに書いたように「蟷螂の斧と言われようとも」という気概と、でも亡くなった人は帰ってこないという気持ちで、押し潰されそうになってしまうこともあった。

大きな会社が、どんなに揺らぎのないものであるか。何百人と死んでも、会社は、時間が過ぎればまた、元の通りとなるかもしれない。だからこそ、この事故が起きるに至った真相を知りたい。私たちが告訴した人たちが、誰一人として送検されることも起訴されることもなく、たとえ告訴が無駄に終わったとしても、最も真実に近付けそうな方法をとりたい。そして、できるだけ多くの人達に真実を知らせたい。そういう気持がどんどん高まった。

告訴状の作成と並行して、事務局では、告訴や告発を呼び掛けるパンフレットや委任状の作成にはいった。昼間は会社勤めで参加できない遺族は、私の家に泊まり、夜を徹して準備にあたった。日付が変わってしばらくたった頃にやっと作業を終え頭が冴えてしまった男の人は、なかなか寝付けず、お酒の力を借りることもあった。そんなときにふと、それぞれの人の抱える重いもの、あまりにも重くて言葉にもならないようなものを見る気がした。


いよいよ告訴状が刷り上った。3月23日、東京と横浜の中間であるJR蒲田駅近くの蒲田生活センターで集会をした。その日は、朝から雪が降り止まない。電車は、ノロノロ運転。開会の時間になっても、ぱらぱらとしか人が来ない。入り口に受付け用の机を並べ、告訴状のコピー、告訴を呼び掛けるパンフレット、弁護士への委任状などを積み上げた。たくさんの人が参加してくれることを見越して用意したので、どれも山のようになっているが、いっこうにその山は低くならない。

会場のあちこちで、2人、3人と話の輪ができて、近況報告をしている。弁護士に相談を持ちかけている人もいる。そうこうしているうちに、大きな長靴を履いた人が、1人、2人と増えていった。大阪からの人も、なんとかたどり着いた。お互いにご苦労様と心からねぎらった。JRを皮切りに、次々と電車が運休していたという。それでも、誰もが当たり前のように会場まで足を運んだ。どんなに寒くても、遠回りをしても、そのことで顔をしかめる人はいなかったのが不思議だ。出席して仲間と言葉をかわすこと、何か自分にできることを見つけること、誰もがそんなことを心の支えにしていたのではないかと思う。

最終的に、30人ほどが会場にいた。告訴について、補償交渉について、世話役の対応について、話し合うことは尽きなかった。話し合いの時間は短かったが、遺族の、また弁護士の熱意を感じた貴重な一日だった。帰り、JR蒲田駅からは1本も電車が出ておらず、少し離れた私鉄の駅までひとかたまりになって、いっそう降り積もった雪を踏んで歩いた。

事務局では、次の日から、告訴状の文面を遺族に発送する作業にはいった。息をつく暇もない。最初の告訴状提出を、4月12日と予定していた。一日でも時間の猶予が欲しい、一人でも多くの人に、告訴人、告発人になってほしい、と思っていた。

横浜や東京近郊のメンバーが、私の家に集まる。こういうときは女の人ばかり。夫を亡くした5人がいつも来た。新聞で読んだ日航機事故の記事や補償交渉、プライベートなことに至るまで、口を動かしながら手も動かす。部屋中に書類や封筒、封筒に貼る宛名カード、セロハンテープやらが広がって足の踏み場もない。単純な作業を続けるその時間は、忙しさや悲しみや慰めなど、いろんなものが渦巻いているようだった。

2、3日すると、告訴状や委任状の入った郵便が届き始めた。ポストは、毎日郵便物が入りきらなくて、郵便が届くたび、玄関にドサっという音が響いた。
みんなで封を切ると、筆跡の違うそれぞれの郵便から、切実な思いがたちのぼってくるようだった。全国あちこちの遺族から、電話もかかってきた。新聞に報道されると、それに拍車がかかった。

遺族ではない人からのものも多かった。友達が日航機事故で亡くなったとか、事故機の1本前の便に乗ったなど、それぞれの理由で胸に激痛を感じていた。520人の犠牲者の友達、知人、親戚、同じ会社の人、取引先の人、近所の人……合わせると、いったいどのくらいの数になるのか、想像もつかなかった。

毎日当たり前のように飛ぶジャンボ機が、舵を失って迷走した上に、山中に墜落した。自分や自分の家族が飛行機に乗ってこんなことになったら、こんな遺書を書いたとしたら、遺体がバラバラになってしまったとしたら……。そんな想像に身震いした人が多かったのか、事故後しばらく飛行機の乗客数が落ち込んだという。

告訴の前日。朝から、三々五々、告訴状・告発状の整理のため事務局に遺族が集まった。大阪から泊りがけできた人もいた。夕方には、20人以上になっていた。それぞれが、ぎりぎりまで集めていた告発状を持ってきた。

薄暗くなった頃、伊勢ヶ浜親方が車できてくれた。告発状を届けてくれたのである。ひと目でお相撲さんだと分かるサインが並んでいた。拇印が、みんな枠からはみ出していたから。夜になって、弁護士もきてくれた。いくらたくさんの人のサインがあっても、それを検察庁に提出する手続きが間違っていて、受け付けられなかったら大変である。弁護士に細かい指示をしてもらいながらの繁雑な作業が続いた。

あの頃、遺族は、事務作業に慣れていなかった。無駄ばかりしていた。人手と時間がかかってしょうがない。でも、それがよかったのかもしれない。委任状に並んだ名前の上に、鉛筆で番号を振る。告訴状にも、1冊ずつふる。紙を半分に折って、折り目を付けて、本の形に綴じる。1ページずつ、弁護士の割り印を押す。コピーを取るのは、駅のそばのセブンイレブン。なくさないように気を付けながら、紙の束を籠に積んで自転車を漕ぐ。お店で、大量の紙を広げて長居をするのは、さぞかし迷惑だっただろう。大勢の人の手を使って、告訴状を提出するための作業が終わった。朝になっていた。

そして4月12日。ほとんど一睡もしていない。弁護士と東京の役員は、事務局に泊まりこんだ。午前10時、大阪より上京した遺族と合流。20名で、東京地検に向かう。告訴人は、最終的には697人。告訴には告発状をつけた。告訴に賛同して下さる遺族以外の方々、告発人の署名だ。その人数は、最終的に3万3334人となった。有識者も多く、作家の瀬戸内寂聴さんや、俳人の楠本憲吉さんをはじめ、大学教授、国会議員など30名近くが名を連ねた。

もし私達の肉親が語ることができたならば訴えるであろう言葉、それは、「私達の死を役立たせて下さい。決してこの事故の原因の究明を曖昧なまま終わらせないで下さい」というもの。亡くなった人たちの声を、この世の人たちに届けるのは、遺族の私たちしかいない。私たちには、空の安全を願う信念があった。この告訴は、安易な幕引きを許さないという遺族一人ひとりの意見表明だった。

告訴状には、こんな文面を添えた。

《今まで私たちは本当に楽しい毎日でした。その幸せを、8月12日、事故によって私たち親子は悲しみのどん底に突き落とされてしまいました。悔しさ、悲しさ、情けなさ、どこにこの思いをもっていけばいいのでしょう、今はただどうにか生きているという毎日です。でも、私には小学生と中学生の子どもがいます。子供が安心して飛行機に乗ることができるようにしてほしいのです。今は怖くて乗れないといいます。二度と主人のような怖い思いはさせたくありません。もし、あの飛行機に「私が、僕が」乗っていたらと思っていただき、この事故をよく考えてみて下さい》

原因究明部会の発足

人命を預かる航空輸送産業に対して、安全を求めすぎるということはない。私たちは、事故の原因を自らの眼で確認し、事故再発の防止策を促す活動をしたいと考えていた。

そのため、飛行機のメカニズムについても自らが学ぶ必要性を感じ、機械に強い20代の遺族たちが集まり、8・12連絡会に「原因究明部会」という分科会を発足させた。あいまいな調査を許さないという強い決意のもと、事故調査委員会の動きを注視した。連絡会の目的である、「事故の原因の究明を促す」というアピールを実現させるために、弁護士を含めた遺族たちの航空工学への挑戦が始まった。

飛行機に関する文献を山のように積み上げ、難解な論文を読み、弁護士とも話し合いながら、航空専門家や関係各機関への働きかけを続けた。

部会では、遺族や一般の人がわかる言葉で、この事故の原因を説明したいと思っていた。「おすたか」を通じて、わかりやすく説明した。

第3章で詳しく話したいと思うが、私たちは、1987年6月に事故調査報告書が出るまでに、事故調査委員会への要望を何回も続けると共に、シンポジウムを開催したり、弁護団とともに外国における事故調査についても調べた。

イギリスでは、1954年に連続墜落事故を起こしたコメット機の事故調査において、8ヶ月に及ぶ海底捜索と実機を使った破壊実験により、機体の疲労亀裂が原因であることをつきとめていた。この事故調査は、科学的かつ公正で、再発防止に寄与するものだったと世界的な評価を受けたことも知った。また、国際民間航空機関（ICAO）条約について、弁護士と研究を重ねた。遺族として日航の株主総会に出席し、安全確立、体質改善を訴える人や、ボーイング社のあるシアトルに飛んだ人もいた。

ICAOの事故防止マニュアル（現在は安全管理マニュアル）には、「いかなる組織体においても安全と事故防止の責任は最終的には経営者にある。なんとなれば、経営者だけが人的物的資材の配分をコントロールするからである」、「経営者の関与の度合いと彼が配分する人員機材によって組織の事故防止プログラムの質は著しい影響を受ける」とある。こうした資料を読み、また、当時の日本航空の経営方針も調べていった。

私たちの思いは、「亡くなった人のためにがんばろうね」で貫かれた。二度とこのような事故を起して欲しくない。私達のような人を増やしてはいけない。

事故から1年が経って

事務局は東京に一本化していたが、集会は、東京と大阪でそれぞれ毎月開かれていた。遺族たちはそれ以外にも月に何度も顔を合わせた。日航との間で慰霊行事や補償交渉の正常化を求めたりするたびに東京と大阪の交流も行なわれた。

8・12連絡会の大阪集会では、阪神タイガース球団社長で犠牲になった中埜肇さんの妻、中埜トシさんが遺族たちのお母さん役を務めていた。事故のときに妊娠していて、事故後はじめて子育てをする母親の相談にのるなど、頼りになる存在だった。東京の私の家にもひょっこりと訪ねてきて、泊まっていかれた。

日頃から調停委員やボランティアをしていた彼女は言う。「夫は、色々なことをさせてくれた。そのことを今、有難いと思っているのよ」と。彼女がご主人と手を繋いで歩いた38年の結婚生活を詩にしたら、作曲家の山本直純さんが曲をつけてくれた。神戸のお宅に泊めていただいたとき、「涙の枕にやさしい夜明け　ペンダントにはあなたの笑顔」と詩にあるように、十字架の向こうで微笑むご主人の遺影があった。息子さんは、原因究明部会をひっぱってくれた。

私は、一周忌を前に、1986年7月12日発行の「おすたか」第6号でこんな文を書いた。

《ジャンボ機墜落事故が起きて、あと1ヶ月で1年になります。残された私達の生活の歯車は、あの日以来、大きな回転の狂いが生じてしまいました。

あの事故機にいっしょに乗り合わせ、同じ空間を共有し、恐怖の32分間を共に闘い、御巣鷹山に散っていった尊い命、私達は、その命を無駄にすまいという気持ちで、互いに連絡をとり合いました。「亡くなった人の分まで幸せになろうね」と言葉をかけ合い、少しずつ前を向こうと涙をふきました。

愛する者を失った者だけがわかり合えるやさしさで、お互いを無言のもとで受け入れ、大きな輪が当然のごとく広がっていきました。会に寄せられる手紙には、残された者の回転の狂ってしまった今の生活がうちあけられ、苦しみがつづられています。

2人の肉親を失い、事故後病気になり亡くなった人。自殺した人。心労のため肉親の不幸が重なった人も多くいます。家庭内のトラブルが、事故後すぐに起き、心安まることのない人。根無し草のように住居が定まることのない人。何とか立ちなおろうとしながらも、幸せの歯車はあの日以来なかなかかみあってくれません。

最愛の人が欠けたために生じたその穴は、埋まるどころかますます大きくなります。夫が亡くなり、妻は婚家を出、姓も名のれず、お墓も夫の実家のもとにあり、残るのは夫の想い出だけですという人。やさしかった息子が亡くなり、嫁は家を売り、年老いた母は今小さなアパートで一人暮らし、家賃も滞る有様の方、息子夫婦が亡くなり、もうなにもかもイヤになり、夫が家を出ていってしまった家庭。

会社が倒産し、家を売り、新しい地で安定した生活を送れず、会との連絡も跡絶えがちの人。夫の両親とのトラブルで決して住所を明かせませんという女の方。転居の通知が会に届くたび、生活が揺れ動いている様に、私たちの心は暗くなります。法のもとでは保護されず、遺族同士が慰め合うばかりで、今なお解決の糸口が見出せない問題も多くあります。幸せな日々は、あの青空のもとでみんな消えてしまいました。平穏な日々は、いつになったら戻ってくるのでしょうか。

睡眠薬を飲まなければとても眠れませんという人もいます。ついついお酒の量も多くなります。電話口から「もうダメ、死にたい」などという声をもらされ、いったいどうやって答えていいのか解らない時もあります。

一つの事故が私達の心に残していった傷跡は、こんなにも大きいのです。あの飛行機が目的地に着かなかったがために……。「123便のキップを買った為に、私が殺した様に家中の人から言われるんです」という方。子供を全員亡くして、「いったい何を目的に生きていけばいいんでしょうか」と尋ねる方。一家全滅の家庭では、「荷物が全てそのままになっています」とおっしゃいます。時計は、8月12日のあの時から止まってしまったのです。

社用の死にもかかわらず労災がでない人もいます。最愛の人の命を即座にお金にかえなければ生活が成り立たない、そんな弱い立場の人々に、つらい示談交渉がおこなわれています。仏壇の前で何度も大声で泣きながら、交渉を進めている様子がつづられている手紙もたくさんあります。「胃が痛くなります。気の弱い私には補償交渉は無理です。返して下さい、何もいらないから返して下さい」と訴える、幼な児をかかえたお母さんからの手紙もあります。日航が言う誠心誠意という言葉は、私達の心の中にはひびいてきません。明日の生活の為に、地獄の補償交渉をやむなく終えたというお母さんは、「もうふりむきません。前を向いて歩きます。でも心の傷は一生いえないでしょう。あの32分間の苦しみを思えば、どんな辛い事でも耐えられます」と。また、事故後出産した若いお母さんは、「主人の生きかえりです。がんばります」と手紙をくれました。

しかし、事務局に連絡を下さるのは、401の家族の一部分にすぎません。遺族の中には、近況を伝える余裕すらない方もいらっしゃるのではないかと、心が痛みます。この事故の、とてつもない大きさを感じます。そして、二度とこのような事故を起こしてはならないと、強く思います。一周忌を前に、私たち遺族の状況を再確認し、今後も手をとりあっていきたいという決意を新たにするものです》

事故から1年、事務局が把握した限りでは、事故で家族を失ったあとに身内が亡くなった人が13人。企業の倒産6件。事故後、父の顔を知らない子供の出産が7件。また、離婚や別居が3件、住所不明で連絡がつかなくなった人も20人近くいた。

事故後の転居もひんぱんにあり、連絡会には、住所変更のしらせが続いていた。54人がこの1年で引越し、その後も遺族の連絡先は次々と変更されていった。事故時と違う住居への連絡件数は163人になっていた。事務局では、女性たちが集まり、大阪から来た遺族と一緒に、新しい手書きの名簿を作った。一人ひとりの近況を書きこんだ事故当時の住所録は、二重線でどのページも真っ黒になっていた。それだけ、引越した人が多かった。新しい場所で、遺族は悲しみを封印していくことになる。

会報「おすたか」に寄せられた遺族の手紙の一部を紹介したい。

(「おすたか」第6号　1986・7・12発行)

《前略、第5号の「おすたか」を届けて下さいましてありがとうございました。いつもながらの皆様の御苦労、ただただ、感謝の気持ちでいっぱいです。回を重ねる毎に新しい怒りと悲しみが、ますます深くなる記事、皆様同じ想いでこの9ヶ月、涙ながらの生活を送られたと思います。どの方のことを思い浮かべても、くやしさ、無念さばかりです。

この一周忌8月12日が、我々にとってどれ程つらい悲しい日であるか日航に強くわかっていただきたいです。遺品の焼却等もってのほかで反対です。8月の慰霊祭には是非展示をお願いします。後日判明分は、慰霊の園に資料館が出来る事を聞いておりますので、いつ迄も保存してほしいと思います。

私達は、今迄東京、大阪と展示される度に出かけました。小さな品一つでも見る度に遺品を見つける事が出来ました。遺品とて命と同じく霊があります。早く家族の待つ家へ帰る事を願っておられると思います。淋しくなれば遺品を取り出し、抱きしめては心を慰めております。

どんな事にも負けないで、8・12連絡会頑張って下さい。お世話になりますが、よろしくお願いします。》

（「おすたか」第7・8号（合併号）1986・9・12発行）


《早いものでもう一年、つらい毎日ですが、主人のため、子どもたちのため、自分のためにと悲しみの中を生きてきました。でも先行の不安……、日航との交渉……、主人の実家とのトラブル……まだまだつらいことが待ちかまえています。そう思うだけで胃の痛む日々……〝がんばるしかない〟ただそれだけで一日一日は過ぎていきます。でも、いつになれば新しい生活の一歩を踏み出せるのでしょうか？

あんな事故さえ起こらなければ……日航機の遺族……あわれな子供……悲運な後家さん（なんていやなことばでしょう）。世間の注目なんて浴びずに……主人とともに家族四人でしあわせな生活をエンジョイしていたはずです。いつかみんなは、忘れてしまいます。520人もの貴い人命をうばった事故のことを……。私たち遺族の悲しみは決して消えません。

悲しみを背負って生きていくしかないのですね。悲しみに負けそうになる時、この「おすたか」を読むのです。そうすればまた生きていけるのです。》

（「おすたか」第13号　1987・4・12発行）

《やっと暖かくなってきましたね。事務局の皆さんお元気ですか。先日は、お電話ありがとうございました。とてもうれしく、いつもがんばってくださっている姿が目に浮かんできます。「茜雲」も届きました。主人の思い出の本ができたので私にとっては本当に大切な宝物です。さっそく読ませて戴きました。でも涙ですぐ本がかすんで読めなくなります。とめどもなく落ちる涙をふきながら皆さんも私と同じ思いの人が多くいらっしゃるんですね。皆さんもがんばっているのですね。

私の方も先日、上の女の子がやっと公立高校に入る事ができました。主人が亡くなってしばらく勉強が手につかないようでしたので心配していたのですけど、近くの自転車で行けるところなので、元気でさえいてくれたらという思いに変りました。でも、不安な思いがいつもよぎります。今朝、子供達が出かける時などこのまま帰ってこないのではとか、主人みたいになるのではと。今は事故が多いので安心できませんものね。

今は人前では明るくがんばっています。だから皆さんに「よくがんばっているね」と言われま

す。でもその分、夜になるとふとんの中でよく泣きます。》

貴重な記録

事故から2年、その間に原因究明にむけての活動はますます活発になった。毎日の生活に追われ、活動がままならぬ遺族からは、「封筒の宛名書き一つでもします」という声が届けられ、会報を郵送する作業を分担した。

事務局には、「前を向いて下さい。そして真実をしっかりみつめて下さい」、「人ごととは思えません」、「空の安全の為に、私たちも応援しています」と、全国からたくさんの手紙が届いた。全国の多くの方々に支えられていた。この励ましが嬉しかった。

私はというと、連絡会の忙しさに逆に支えられていた。そして、会以外の仕事も持ち始め、表面的には少しずつ元気になっていた。夫は、転勤先の職場で、新しい仕事に挑戦する日々だった。

群馬の歯科医師会と医師会が、事故後1年目にそれぞれ『遺体の身元を追って』『日航123便事故と医師会の活動』という本を出した。とても貴重な記録である。

それによると、検視は、県警察医会の会員医師と歯科医師160人を中心に、26の検視班に分かれて一斉に進められた。確認の決め手は最多が「着衣」の223例で、次いで「歯型」の155例。犠牲者520人のうち、518人の遺体が10月末までに確認された。検視した医師や歯科医師は、大変な激務にもかかわらず、遺体の確認についてはきわめて慎重だった。体調を崩され、亡くなられた医師もいた。

後に身元確認の統括責任者であった前橋市の歯科医師、大國勉さんと当時のことを話したが、大國さんも、7日連続で体育館に通い詰め不眠不休を重ねたので、8日目に体調を崩したという。

これらの本を読むと、まず、動員された延べ7万4000人にのぼる人々の献身的な素晴らしい活動と団結力、医師らの心の美しさに息をのむ。そして、携わってくれた人たちへの感謝の心を決して忘れまいと思う。医師たちが過酷な検視の日々をふりかえりながら、医の本質や命の尊さ、人が生きることについて語っているこれらの本は、後世に必ず役立つと信じている。

私は、その中でも、太田市医師会の木村嘉孝医師が書かれた、「科学文明を過信した人間の驕り昂ぶりがなかったか。人間の思い上がりが、天を畏れざる所業が、自然から報復を受ける結末にいたることはないのか。人間たるもの、もっと自然に対して謙虚な思いを持ちたいと願うものである」という一文に大きくうなずいた。技術万能の時代に警鐘を鳴らしていると思った。

群馬県の医師会から送られてきたそれらの本を、8・12連絡会から遺族に発送したところ、多くの方から手紙が来た。その一つを紹介する。

《医師会の先生がたには、日夜あの猛暑の中、流れる汗を拭われず懸命に手助けしてくださったことに私ども遺族は、心から感謝し、受けたご恩は決して忘れません。とりわけ若い看護婦さんたちの勇気に敬服いたしました。一刻も早く確認して我が家につれて帰りたく、涙も流さずに遺体を一つの物体として感じたあの心境が、今思えば不思議でなりません。刻を過ぎればすぎるほどに苦しみ、悲しさは、増すばかりです。このことは、体験した者のみが知ることでしょう》

8・12連絡会は、事故から3年10ヶ月目にアンケートを実施し、140人の遺族から回答をもらった。貴重な内容なので、記しておきたい。

◎遺族の事故当時の気持ち

事故当時、現実だと思えなかったし、認めたくなかった遺族は95％にのぼり、3年後も40％の遺族がそう思っていた。

また、自らの行動が原因であるかのように後悔し自分を責めた遺族が、47％にのぼった。そして、自分も死にたいと思った遺族は、事故当時66％あり、3年たっても9％あった。

事故を起こしたものに対する激しい怒りは、事故当時91％、3年後も68％ある。

さらに、事故後身体面での変調については、事故当時79％の人が医療機関にかかったり、眠れない、食欲がないなどの不調があり、身心両面の支援の必要性を感じていた。精神的に不安定な状態が長く続く人は多い。

心の支えについては、同じ境遇の遺族との付き合いを73％がしており、電話や手紙のやり取り、8・12連絡会の会報を読んだり投稿している人が、それぞれ50％にのぼり、遺族同士の集まりに参加したり、一緒にお参りしたりすることが90％ある。こうした自助グループが、あったほうがいいと76％の人が回答した。

また、3年という月日が経ち、少しだけ気持ちが落ち着いてきた人が、半数の50％。落ち着くことができない、または分からないと50％が回答している。

複数の家族を一度に亡くした方は、ほとんどの家族の方が、このつらさは計り知れず、一生続くと書いている。

また、補償交渉については、どの遺族もその苦しみの深さを感じていた。周囲の人々やマスコミの関心が心に突き刺さった。なにげない「補償は終わったの?」という言葉にも耳をふさぎ、逃げ出したと書いている。

遺体のことでは、多くの人が「遺体のことについては、聞かれたり、触れられるとつらかった」と書いた。遠隔地にいたり、身体的な事情があって確認の場に立ち会えなかった方も多くあり、そうすると、さらに苦しみが増した。

32分間のダッチロールについては、亡き人の苦しみを自らに同化させている遺族がおり、心が張り裂けそうになっていた。

「個人情報の保護」などという考えが薄い時代だ。マスコミの取材攻勢で、故人のプライバシーを傷つけられないように対応に苦慮する遺族も多くいた。

こうして、残された家族は、多くの方の温かな励ましを感じると同時に、世間のいやがらせにさらされずに、日々の生活を守っていくのに必死だった。「うつ病の薬」を飲むまでにはいかなくても、正常とは言えない遺族が多かった。

時効を迎えて

8・12連絡会は、発足からの5年間は、怒濤の中で東京と大阪の遺族が連携し、日々活発に休む間もなく活動していた。

賠償を中心とした民事裁判は、3年の時効をきっかけに、示談を終える人たちが増えた。

「今でも、主人がふっと元気な姿で帰って来るような気がして、いるはずもない部屋を見回したりします。遺族が何も知らされずに、このまま世の中の片隅に追いやられてはたまりません」。

このように、会には、補償が終わっても原因究明と責任の追及には手をゆるめないという遺族たちのメッセージが、多くよせられていた。

事故から3年半が経つと、遺族もだいぶ落ち着きをとりもどし、「亡き人の分まで生きよう」と話す人もいた。新しい仕事を始めたり、店をだしたり、再婚する男性も出てきた。

ある遺族は、こう書いた。

《本当にいろいろな方にお世話になりました。身内、会社関係や近所の方のみならず、全国のお顔もお名前も存じ上げていない方々にお世話になったのですね。今、やっと自分を取り戻しつつありますが、これからは、支えて下さっている多くの手から、だんだんに一人でしっかりと歩まねばと思います。機関紙「おすたか」の表紙のカットに「まだ怒っています」とありましたが、まったく同感です。あの時、夫は、私や子どもの名前を呼んだでしょうに、返事をしてあげることも助けてあげることもできなかった。せめて命日には、御巣鷹山に登り一緒にいたいです》

事故から5年目の7月12日。刑事告訴が再不起訴となり、遺族たちは無念さを胸いっぱいにしていた。そして、時効を迎えた。告訴と原因究明についての活動は、第3章で詳しく書きたいと思うが、検察が事故原因を解明できず、責任も問わないということならば、なおさら空の安全を訴えていかなければ、と話し合った。

事故原因については、急減圧が原因で起こった他の事故との違いもあり、依然、疑問として残っていた。事故調査のあり方や、巨大事故に対する刑事事件の問い方などについても、論議すべき点が沢山残っていた。まず、現在の制度のもとになっている1972年に警察庁と運輸省の間で締結された「航空事故調査委員会設置法案に関する覚書」に疑問があった。

御巣鷹の尾根には、「空の安全に時効はない」と書いた幕を下げ、公共輸送機関の関係者に対して、安全へのたゆまぬ努力を訴えた。


私はといえば、この頃、すごく不思議なことがあった。

事故から5年が経ったある日のこと。前橋に出かけるため、新幹線に乗った。いつもなら、新幹線を見ると、乗り物好きだった健のことを思い、すぐに涙があふれた。

でも、その日は違っていた。2階建ての新型新幹線をみて、健の知らない新型だと思った。そして、「健ちゃん、ママと一緒に乗ろうね」と呟いた。

その時、私の心の中にストーンと健が入った。その日から、健は私といつも一緒にいる、心の中で生きている、そう思うことができるようになった。

事故後、2〜3年は、この仏壇やお墓がなければ、健は戻ってくると思えた。そばにいても一緒にはいなかった。しかし、5年目のその日から、ずーっと一緒だ。いつも一緒。そして、なぜか私は、その日から強くなれた気がする。


この巨大事故を通して、私は、社会が失ってしまったものと失ってはならないものを考えるようになった。まず、人が生きることの目的が、ますます見えにくくなっていくのではないか。日本の社会風土が、死を語ることをタブー視していることもある。核家族化が進み、「家族の死」

に遭遇することが少なくなってきたこともある。しかし、そんななかでも、残されたものの悲しみを語り続けていくことが、命の重みを伝えることになると考えた。時効ということで終わらせてはいけない。

ボタン一つで人の命が消えたり、死んだものが何度もよみがえるゲームの世界に慣れている子供たちに、クリックしても戻らない命を伝えていこう。家族の悲しみを伝えていこう。残された人の悲しみは終わらない。

また、企業と消費者の関係についても考えた。事故が起きたとき、被害者は、原因が究明されることが再発防止につながると信じている。しかし、企業はなかなか情報の開示をしない。そのために、事故の情報は共有されず、その後にも生かされない。小さな事故のうちにその芽を摘んでおけば、大きな事故は防げるかもしれないのに。こうした被害者側の声に耳を傾けて欲しい。そう私は考えていた。

時効を迎えても、8・12連絡会は部会活動も含めそのまま継続された。会への電話も鳴り止まなかった。

原因究明部会、生存率向上検討部会、残存機体保存部会などの部活動をする遺族を中心に、入れ替わり立ちかわり、活動できる遺族が安全を訴えていく役目を果たしていた。事故を、空の安全への原点とし、人々の記憶から忘れさられないよう地道に活動を続けたいと誓い合った。

会報や文集も継続して出した。私と西井紀代子さんが会の窓口となって雑務を引き受けた。西井さんは、いつも一緒に行動してくれる聡明な女性。会計は、東京と大阪の女性の会員4名が、交代で引き受けた。

大阪では、本郷房次郎さん、田淵親吾さんが中心となって会合を開いた。そして遺族は、関西と関東の中間の浜名湖に集まったりして、「事故は終わっていない」と話し合った。

さまざまな繋がり

事故から10年目の1995年に阪神淡路大震災が起きた。日航機事故の遺族の中で、再び肉親を亡くされた方や、家屋が全壊や半壊するなど被災された方が30家族をこえた。安否が心配で、遺族は互いに連絡を取り合った。後に、関東と中部地区の遺族は、お見舞いを手に被災地の遺族を訪ねた。

私も宝塚や川西、神戸の遺族を訪ねた。台所で朝食を作っていた北村美江子さんは、テーブルの下に逃げ込み、一命をとりとめた。2階建ての家の1階がつぶれ2階だけになっていた。「御巣鷹で亡くなった娘のピアノが無事でした」と北村さんは言っていた。営んでいた文房具店は全壊だった。

8・12連絡会の方針は、当初から「遺族同士のゆるやかな連帯」だった。さまざまな意見があったが、大方一致したところでまとめるという「ゆるやかな連帯」が、大切な方針であり続けた。そして、遺族の心の中にある「事故を忘れたい」という思いと、「絶対に忘れない」という思いを大切にしていきたいと思っていた。

私は、事故後10年目までは、毎年、8月12日が過ぎると決まって不安になり、「本当に来年も会を続けられるのかな」と落ち込んだ。でも、10年目を迎えて、少し気持ちが変わってきた。

「あと少なくとも10年はやらなきゃ。やりたい。せっかくの遺族の絆を大事にしたい」と思うようになった。遺族の考え方は、この先、多岐にわたっていくだろう。そんな中で、涙の中で作り上げたこのネットワークは、ますます「かけがえのない宝物」になると思った。

残存機体の保存や展示、そして身元不明の遺品の保管展示は、日航に毎年要望していた。この活動については、第6章で記したい。

事故調査のあり方などについても、積極的に発言していった。1999年には、信楽高原鉄道事故遺族と一緒に「全運輸機関を対象とした独立事故調査機関設置」を求める共同声明を出した。また、JR福知山線脱線事故のシンポジウムでも発言した。そのような場所で、違う事故の遺族会とのネットワークが膨らんでいき、支えあうようになったことが嬉しかった。

また、8・12連絡会では、東京と大阪にいる女性たちがよく集まり、近況を伝えあった。一緒に京都へ行ったり、遺族の経営する店に集まったりした。上野村の黒澤丈夫村長も、そうした会に来られた。

関東では、「夢夢《むむ》の会」という女性だけの会を作った。亡き人と夢を重ねていこうという気持ちから名前をつけた。こうした小さな集まりが、遺族の心を癒していった。当時者同士のピアカウンセリング（何らかの共通点を持つグループ間で、同じ仲間として行われるカウンセリング）となっていた。

この「夢夢の会」には、遺族の一人である柏木由紀子さんも顔を見せてくれた。事故から1年半の時、会報「おすたか」にこんな手紙を書いてきた遺族がいた。

《事故から2回目のお正月、永久ににぎやかな正月は無縁だと思うと急に涙が出ます。子どもにたしなめられました。ラジオから坂本九さんの『上を向いて歩こう』が流れてきました。今まで下ばかり向いて泣いていました。涙が出るのはしかたなくても、新年からは、上を向いて歩こうと決心しました。幸せは雲の上に、幸せは空の上に……。いつか空のかなたで、主人と再会できる日まで……》

事故から20年が過ぎ、柏木由紀子さんは、2人のお嬢さんと一緒に「ママ・エ・セフィーユ」というユニットを結成し、クリスマスコンサートを開いている。私も毎年足を運んで、天国の坂本九さんと一緒の時を過ごさせてもらう。一緒に亡くなられたマネジャーの小宮勝広さんの奥様もいらしていた。

そして、25年の月日が流れ、九ちゃんも「おじいちゃん」と呼ばれる年齢になった。家族の強い絆はさらに強く、舞台をやさしく、あたたかく包んでいた。九ちゃんの歌は、どんな悲しみにも光を差し込ませてくれるような歌だと思う。これからも世界中の人に歌い継がれてほしい。

毎年、8月12日の朝は、御巣鷹山で必ず藤田日出男さんと言葉を交わした。「会を継続してください。遺族の声が、安全を確保していきます」と声をかけてくださる。藤田さんは、日航のパイロットとして36年間勤め、航空安全活動に情熱を注いだ。日本乗員組合連絡会議の事故対策委員であった藤田さんの、この事故に対する真摯な姿勢に教えられることが多くあった。日々操縦桿を握り、機体の整備をしている現場の人たちの事故原因に対する疑問が書かれた彼の文章を、繰り返し読んだ。事故機の音声記録で、乗員が最後まであきらめなかったことも、彼が知らせてくれた。主に「おすたか」を通してのお付き合いではあったが、２００８年に亡くなり、山でお目にかかることができなくなって淋しい。

８・１２連絡会では、風化をくいとめるためにさまざまな行事もした。何かをすることで、亡くなった人に近づいていく気がした。８月12日に行われる慰霊祭や灯籠流しに合わせ、上野村で音楽会やキルト展の開催を企画した。

１９９０年の時のこと。事故当時、お母さんのおなかの中にいた秀くんは、５歳になっていた。お母さんたちがデザインした「空の安全」のロゴの入ったＴシャツを着て、白い風船を御巣鷹の尾根からたくさんの人たちと空にとばした。今でも、その愛らしい姿が浮かんでくる。

小さなハンカチーフに亡き人への思いを各自で書き、空の安全を祈りながらみんなでつなげてキルトを作った。ハンカチをつなげるために、遺族は東京と大阪で集まった。

テレホンカードも毎年作成した。１９９３年8月、８・１２連絡会として、昇魂の碑に「安全の鐘」を設置した。これには、たくさんの方々から寄付を戴いた。

また、会としてではないが、華道みささぎ流の副家元の夫（当時41歳）を亡くした片桐悦子さんは、10年の月日をかけ、御巣鷹山の５２０の墓標にお花を生けた。心を込められて供えられた花々は、山肌でひときわ美しく輝いた。

毎年、春になると、鈴のついた短冊を御巣鷹の尾根に置いている。私たちはそれを、「鎮魂の鈴」と呼んでいる。慰霊登山をした人々が、安全への祈りを書き込む。

「お父さん、子供が生まれました」、「長男はカメラマン、二男は、コックさんになります。お父さん見守っていてね」、「パパ・小夜ちゃん・潤へ、周りの人たちに恵まれてママは一人でもがんばっていますし」、「お父さんがいなくなって寂しかったです。大好きなおとうさんへ」などのメッセージが書かれる。

「パイロットを目指します。この事故を心に刻みがんばります」、「無事故の記録を更新します」、「空の平和のために確実な整備をします。航空自衛隊」などと、安全に携わる人々の誓いの言葉もある。この鈴は今、高齢化していく遺族が次世代の子供たちへ空の安全を繋いでいく役目も果たしている。

ちりりん……。

御巣鷹に吹く風に揺られ、鈴が鳴る。生きているもののささやかな願いを響かせている。

文集『茜雲』

《昭和60年8月12日午後6時56分、32分間のダッチロールを終え、機体は、御巣鷹の尾根で黒煙をあげコナゴナに散っていった——。

「520の人々は、この時、真っ赤に染まる夕焼けをみただろう……」》

夕焼け空をみる度に涙が止まらなかったという母の慟哭が、一周忌に発刊された文集を『茜雲』と名づけた。この『茜雲』第1集の表紙の色は、夕焼け色の真っ赤となった。

最初の文集によせた遺族は34人。自分の気持ちを正直に綴っている。肉親の名前を書くことすら辛く苦しいなかでも、あの事故の意味を問い続けたい。そのためには、自分たちの言葉で事故を語り始めよう。二度とあのような悲惨な事故を起こさせないために、人々の記憶から忘れ去られないために、何かを残しておかなければならない。遺族たちは、そう思い、書くことによって新しい一歩を踏み出したいと願った。

原稿用紙に書きつけた文字が、何度も涙で濡れるつらい作業だった。でも、書くことで新しい一歩が始まる。そう心に言い聞かせて机に向かう。愛しい人たちの姿は永遠に私たちの前から消えてしまったけれど、心の中では、前にも増して生き生きとよみがえっている。亡くなった人々が、私達にペンを持たせ、力をふりしぼらせ書かせたのか。

会報「おすたか」と、文集『茜雲』の二つが、遺族たちの心の絆となり、連絡会の強い求心力となっていた。

発刊後、事務局には、『茜雲』を求める手紙が殺到し、電話が鳴りつづけた。幹事たちは手分けをして発送作業に追われた。自費出版なので、印刷は9千部で打ちきった。そして、新たに第2集の作成に入った。

「悲しみがいっぱい。この文集をしぼると520人の涙と、残された人々のくやし涙がとめどなく流れ出てきます」、「8・12の事故のことは心に刻みこみ一生わすれないでおきます……」、中学生は「自らの命をたつ仲間たちにいのちの尊さについて訴えます」。

また、「平凡な毎日を過ごせることの大切さをこの文集は教えてくれました。1日1日を大切に生きます」、「生きてください……涙をふいて」という励ましの文面も、全国各地から届いた。

文集を授業の中で取り上げ、「生きることの尊さ、命の重みを子供たちと考えました」という先生からの便りもあった。戦争で肉親を亡くされた方が、40年たっても無念の思いを抱いていると書かれ、愛するものを失うことの傷の深さを思った。

『茜雲』第1集を発送する作業は、重労働だった。宛名書き、郵便局への持ち込みなど、人手がいる。そのあいだにも電話を取り、「おすたか」の編集をし、原因究明のシンポジウムの準備をし、弁護士との打ち合わせもする。上野村に慰霊行事の打ち合わせにも行っていた。

そんな大変な遺族たちの様子を見て、「文集を本にしようよ」という人がいた。毎日新聞社会部の記者、三浦正己さんだ。彼の一言で、手作りの文集が立派な本になった。1987年3月、『茜雲』第1集と2集を合わせ、85人の手記を『おすたかれくいえむ』という本にまとめて毎日新聞社から出版した。編集作業は大変だったが、この本が、安全を求める人々の橋渡しとなる気がした。いままでお世話になった医師会、歯科医師会、上野村、藤岡市などの各団体や機関に送った。

三浦さんは、その後も10年目20年目と、節目ごとに、遺族会が団結していけるような記事を書いてくれた。「あせらず、ゆるやかな連帯」を保つよう励ますその記事は、くじけそうになる私に勇気をくれた。事務局では、その後もマスコミのことなどで解らないことがあると三浦さんに聞いた。今考えると、すごい「遺族会支援」だった。

その後、『茜雲』第3〜6集をまとめて、『再びのおすたかれくいえむ』(1991年7月、毎日新聞社)として発刊した。遺族の佐田和子さんの所属する点字グループ「すみれ」のボランティア十余名が、点字の本も作ってくれた。

本には、夫亡き後、小学生の子供たちが母を励ます姿もある。夫を亡くした田川康子さんが、事故後、「死にたい、一緒にパパのところへ行こう」と小学生の子供たちに話した時、子供たちは、「死にたくない、せめてお父さんの年まで生きてみたい、お母さんも死なないで」と言った。子供にそんなことを言わせてしまった。その時から田川さんは、2人の子供に、「生きていてくれればいい、生きてさえいてくれたら」と望んだと書く。
2005年、事故から20年が経ったときには、手記を寄せてくれた遺族は、延べ550人に達していた。その年によって寄せられる原稿の数が違う。多いときには46人。少ないときには13人のこともあった。文字にするのが苦手な人は、読むことで気持ちを共有した。
そして、その年には『茜雲　総集編』（本の泉社）を発刊した。今も、読み返すたびに過ぎていった日々が昨日のことのように浮かんでくる。

20年が経っても、夫を亡くした妻は、「2人の息子を成人させ、孫たちにも囲まれていても、夫婦一緒の姿をみるとあなた、側にいて欲しいよ、淋しいよと思う。言葉にすると今も涙がでる」と書く。

河瀬周治郎さんは、娘・尋文さん（当時24歳）への思いを、20年目の遺族文集『茜雲』20号に初めて寄せた。「これまで何度か、事故を振り返ろうとした。しかし、涙で便箋やワープロの画面が曇り、そのたび、洗面所に顔を洗いに行った。何もつづれずにいた」という。『茜雲』を読むことで励まされてきたが、今回は1行でも書こうと思ったと電話で話してくれた。尋文さんは友人と2泊3日の東京旅行をしていた。「空港まで迎えに来て」といわれ、空港まで行ったが、いくら待っても娘は、帰ってこなかった。「それが未だに帰ってこない。私は、今も心のなかで待っている。まだまだ言いたいことはたくさんあるが、今日はこれ以上書けません。またの機会にさせていただきます。」とある。私は、この18行の文面を何度も読んだ。嬉しかった。

妻・工藤由美さん（当時24歳）は、結婚して初めての里帰り。だが、羽田をたったまま、神戸市の実家に辿りつくことは出来なかった。夫の康浩さんは、文集『茜雲』に20年目に文を寄せた。「先妻の両親は、二五歳という若かった私を再起させるために、自ら縁を断つように音信を潜めました。両親に宛てた手紙にある日から返信は途絶えたのです。時が経つに連れ、私はそれが究極的な愛情であることを思い知るようになりました。心の中のＢＧＭは、はっきりと違うメロディに変わりました。前向きに生きて幸せになろうと決意を深めていきました」とある。

事故後、何年かして、彼は知り合ったある女性と御巣鷹に登った。大粒の涙をはばかること無くボロボロと流しながらも歯を食いしばって登ってくる姿を見て、この人ならと思って再婚を決意したという。彼女は、事故当時偶然にも垂直尾翼の欠けた飛行機を伊豆半島で目撃していた。このときバトンが渡された、と工藤さんは語っている。

事故直後、会社帰りに事務局によって会報「おすたか」を黙々と作っていた工藤さん。事故から4ヶ月、外に出ていないという遺族たちと、私の家で泊りがけのクリスマス会を開いた。その時、チューリップの『サボテンの花』が流れた。工藤さんは、亡き妻との思い出の曲、と言って号泣していた。彼は再婚後、精力的に山形駅ビルや秋田駅ビルなど多くの駅関連施設の設計を手がけていった。いつか、彼の設計した駅を見に行こうと思っている。夫は、今でもチューリップのその曲が流れると「工藤くん、どうしているかな」と言う。

つくば科学万博などを見物し、その帰路に事故に遭った会社員の陽子さん（当時24歳）、会社員の満さん（同19歳）、中学生の純子さん（同14歳）。「3人はいつも一緒だった。天国まで一緒に行っちゃった」と、母の田淵輝子さんはつぶやく。墜落現場からは、1本のフィルムが見つかった。娘3人が仲良く並んでほほ笑む写真。私は、毎年の御巣鷹への登山で、ご夫婦に出会う。どんなことにも前向きでいて控えめな2人は、本郷さんと共に、8・12連絡会の大阪集会を支えてきた。

田中蔚さんの2女、愛子さんには、婚約者がいた。遺体には、ウェディングドレスを着せた。《人は軽く10年先、20年先を口にするけれど／そのときを大切にしなければ…／今　光っていたい》、事故直後に見つかった文面は、26年間を精いっぱいに生きた娘の遺書に思えたという。蔚さんは、全国を講演し、「命の尊さ」を語り続けた。2008年、慰霊の園で久しぶりにお目にかかった。登山は今年が最後かもしれないと私の手を握り締めた。いつも感謝の心を忘れない田中さんに私は何度も支えられてきたと思う。

事故以来、舘貞栄さんと寛敬さんも、亡き父への手紙という形で胸の内を綴った。『茜雲　総集編』には、事故から2年後に出した第2集に掲載された貞栄さんの詩がある。小学3年生だった事故当時、父の帰りを待ちながら自宅で書いたものだ。

《おねがい、パパ／もう一回だっこして／もう一回／いっしょにごはん／いっしょに食べようよ。》多くの人が、父をなくした8歳の少女の詩に涙した。貞栄さんは、事故の当日、父の出張カバンに入っていたものを今もはっきりと覚えている。父と一緒に用意したから。社会人として活躍している貞栄さんは、『限りなき愛に、永遠の誓いを』と刻んだ御巣鷹の名碑の言葉を生きる柱としながらお母さんをいたわりながら、兄としっかり歩いてきた。お母さんの須美子さんは、上野村の灯籠流しでいつも水面をみつめて動かない。あの日からの悲しみをそのまま背負う背中を見て、私もいつも身動きできない。

小川領一さんは、海外で勉学した後、鹿児島に移住、自分の会社を立ち上げた。今、国内外の環境、国際協力分野で精力的に働いている。事故で、父母と妹が逝き、弟と2人残された。遺品のカメラには、父親の哲さん（当時41歳）が写した写真があった。事故から5年後、「事故防止の一助に」と写真を公開した。窓外の雲、東京湾、富士山と続いた写真は、6枚目で急を告げている。酸素マスクをつけた乗客と乗員の姿がある。貴重な写真だ。私は何度も食い入るように見た。事故直後のシンポジウムに来てくれた時の彼は、坊主頭の高校生だった。私は、お母さんみたいな気持ちで、彼のことがずっと気になっていた。２００５年、慰霊の園で会った時、かわいい奥さんがいて、そのそばに小さな男の子がいた。父親の顔が頼もしかった。今年、彼は亡き父の年齢になる。

社会人になったばかりの長女、京子さん（当時22歳）を亡くした大阪・池田市の川北宇夫さんは、「航空安全国際ラリー組織委員会」を結成。シートベルトや座席などの改善で、墜落事故が起きた場合の生還率を高めることができるのではないか、と研究を重ね具体的提言をしてきた。いつも冷静な川北さんは、大阪集会でも中心だった。事務局の私の家に泊まってくれた時、一緒に近くのコンビニで膨大なコピーをして書類づくりをした。電話で私が弱音を吐くと、「君が頑張ってくれなければ」といつも励ましてくれた。

次男、浩二さん（当時15歳）長女、陽子さん（同12歳）、妹、めい、おいの5人を失った小田淑子さんは、「早く迎えにきてよ」とばかり思っていたが、最近になってやっと、「天国で楽しくね」と言えるようになった。でも、今でも私と彼女との会話は、「あの日に戻りたい」、「戻してあげたい」になる。生きていて欲しかった……。

「灯籠流し」に家族中で来られる吉田さんご一家。事故に遭った長女の由美子さん（当時24歳）は、事故の前年、宝塚歌劇団を退団して、女優への道を歩み出したばかりだった。美しいお母様の公子さんは、『由美子へ』という追悼集を出された。今でも娘さんのお部屋をそのままにしているという。

「気がつけばもう20年、あれだけ嫌っていたタバコを吸うようになり酒もつきあい程度に飲めるようになった。もし、何事もなく過ごしていたなら母と姉に家から追いだされ、ビールとタバコを手に庭でお父さんと一緒に話していたかもしれないね」と、事故後に生まれた青年。私は彼の姿を灯籠流しで見つけるたびに、「大きくなったね」と言ってしまう。会ったことのない父は、いつも彼の心の中にいる。

長女の一家4人を失った太田さん夫婦は、毎年、尾根に次女、三女の家族一同が集まることが、自分たちにとっての里帰りという。母の善子さんは、高齢で登れなくなった夫の分までと尾根を目指す。今では、御巣鷹の尾根が自分たちのふるさとになった。当時3歳だった健太郎君は、「日航のおじさん、天国にでんわをつけて」と文集に書いた。その彼の運転する車で、今年も家族一同がやってくる。家族をつなぐ慰霊登山はこれからも続く。

泉谷明造さんは、事故から毎年、20歳で亡くなった娘への手紙を欠かさない。その語りかけのやさしさに思わず引き込まれる。登山をするたびに、「淳ちゃんありがとう」と語りかける。2008年は、「いつも一緒だと云う思いはあるが、初めての不思議な体験をした。御巣鷹の墓標に本当に淳ちゃんがいるように思えた」と書く。私は思う。本当に淳ちゃんは、一緒にいたのだと。事故翌年の命日、御巣鷹山に墜落時刻に一緒に登ったとき、満天の星空に向かい父は「じゅんー、じゅんー」とペンライトをひときわ大きく振っていた。

毎年綴ってくれる谷口真知子さんは、人一倍子煩悩な夫を悲しませたくなかった。いつも前向きな彼女は、「パパ、まっていてね」と必ず書く。彼女の明るい文面は、夫亡き後、母一人で子育てしているたくさんのお母さんたちを励ました。彼女は、「事故が忘れられないようにしたい」と話し、行動してくれる。

高浜雅己機長の妻淑子さんは、2000年、事故機のボイスレコーダーから必死に機体を立て直す夫の声を聞いた。「ドーン」という衝撃音が響いた。機首が上下左右に揺れて8の字を描くダッチロール状態に陥った。緊迫したやりとり。高浜さんの家族は、被害者と加害者のはざまで悲しみを抱いて生きてきた。私は、乗客の家族も、乗員の家族も寄り添い、同じ日々を歩んできたと思っている。「機長は頑張った」と私は、今も思う。

栗原哲さんは、息子さんの崇志さん（当時33歳）、妻（同29歳）と孫（同1歳）を亡くす。栗原さんは、『茜雲』に、誰もが頭の中が混乱していた事故の日からのことを克明に記録した文を載せている。教職につかれていたこともあり、その正確さに脱帽する。彼は、栃木から群馬まで車を飛ばし、御巣鷹に来る。登山口でお目にかかるたびに、これが最後かもと言われる。穏やかなお人柄の栗原さんだが、御巣鷹山に登るたび「帰ってこい、帰ってこい」と叫びながら山を下りたと書く。その無念さが月日と共になおさら大きくなっている気がする。

次男の秀止さん（当時29歳）を亡くした有吉マアチさんは、慰霊の園に近い家に住んでいる。2004年に福岡から移り住んだ。2007年には登山道が崩落したが、その時も「遺族が慰霊登山が出来ないと大変」と心配してくれた。

同じように、木内さんも大阪から群馬に来た。静子さん（同17歳）との思い出を『茜雲』に欠かさず書いてくれる。私まで「しいちゃん」とつい呼んでしまうほど身近な存在。遺族が書く亡き人は、みんなの心に住んでいる。

武田岩さんとは、残存機体の保存の要望書を何度も作った。いつも会を引っ張ってくれる。亡くなった妹、澄子さん（当時41歳）のことを話す時は、いまでも涙ぐむ。今も慰霊登山のたびに機体の残骸を持ち帰る。その強い意志と兄妹の深い絆が活動の源だ。

家族4人で123便に搭乗し、ただ1人生還した川上慶子さんは、看護師としての道を歩んだ後、結婚して幸せな日々を過ごしていると伯母さんが報告してくれる。

最近の遺族からのお便りには、孫たちの写真が添えられていることが多い。「成人した息子の背広姿に夫の背広が重なる」と書かれていた。事故直後に、亡き夫の新しい背広が届いた。夫が事故直前にオーダーしていたものだった。若い妻は、幼い子供たちと懸命に生きてきた。送られてきた写真にある、孫を抱きしめる彼女の笑顔が素敵だった。

父を亡くした中学生の息子と小学生の娘は、現在、それぞれ結婚している。結婚式で、息子さんは母の野中光子さんにこんな言葉を贈った。「お母さんは、見事にお父さんの役目も果たしてくれました。これからは、妹と2人でお母さんを今まで以上に大切にします」と。

27歳の夫を亡くした彼女は、20年目に久しぶりに、再婚した夫と子供2人とで御巣鷹を訪れた。墓標の前で、10歳になった娘さんが黙って涙を流し、彼女を抱きしめてくれたという。私たち8・12連絡会は、「立ち直ること」そして、「皆で次の一歩をめざすこと」を最優先の目的にした。「このことがよかったな」と改めて思った。

当時23歳と20歳の娘2人を亡くした両親は、「あれから夫婦2人で25年きました。年を経るごとにますます淋しく、むなしさを抱いての老後生活です」と書く。高齢になった遺族は、これから折に触れ、亡き人を思う時間が増すだろう。

歌い継がれている曲もある。妻と娘を亡くした矢田幹人さんは、『嗚呼　御巣鷹山』を作詞された。デュークエイセスが歌うこの曲は、御巣鷹で多くの方が口ずさむ。

亡くなられた遺族もいる。夫の忠彦さんを67歳で亡くした増永恭子さんは、いつも集会で、みんなを元気にしてくれる楽しい方で、原因究明にも熱心だった。今は、外国の航空会社に勤めていた娘さんの茂子さんが山に登る。

加藤留男さんは、２００回登山を目指していた。加藤さんの運転で何度も一緒に慰霊登山させてもらった。山頂にある数々の石仏の写真も一緒に撮った。息子さんの博幸さん（当時21歳）の墓標にお酒を供える姿が浮かんでくる。会の活動では、たくさんたくさんお世話になった。やさしくて、歌が好きで、御巣鷹が好きだった。もう、息子さんに会えたかな。

遺族の物語が、次から次へと浮かんでくる。それでもほんの一部だ。紙面がいくらあっても足りない。私の心の中に保管されている手紙は、いつも私を励ましてくれる。そして、これからの私に力をくれる。

遺族の1年は、8月12日からはじまり、翌年8月11日に終わる。

亡くなった人に、今、自分がここにいることを伝えたい。あなたの亡くなったあとを埋めながら、「生きていること」を書きとめていきたい。

文集『茜雲』は、「おすたか」で原稿を募集して、あとは手紙でやりとりを何回かしていくという方法で毎年編集してきた。20年間の文集をまとめるにあたっては、損保会社を早期退職した夫が手伝ってくれた。入力も全部してくれた。

書いた遺族に郵送し、校正してもらうというのも、いつもの方法をとった。全体の校正は事務局でやった。手紙やFAXでやりとりするしかなかった発行当時と比べて、最近は、遺族にメールでみてもらう方法もとれるようになり、作業がやりやすくなった。

編集作業をしていくうちに、私は、一人ひとりの一年一年は違う、しかし、共通の心の軌跡があることを知った。死をみつめることは、生き方を見つめることだった。心を癒していくプロセスは、みんな違っていい。子、夫、兄弟、父母と、亡くなった方によっても遺族の思いは異なる。でも、それぞれの違いを認め合うこと。悲しみの色は、一人ひとり違うけれど、混ぜあわせると、とてもきれいな色になる。

そして、涙はいつか虹色になっていく。

事故から20年が経った2005年8月10日から13日の慰霊登山者は、116家族470人と、

20年間で最も多い人数になった。連絡会は、灯籠流しのときに520人、一人ひとりの名を入れた小さな灯籠をおいた。

今年は事故から25年、遺族たちの新たな歩みが始まる。

第3章　原因の究明と責任追及

罪を憎んで人を憎まず

事故から1年後に出した文集『茜雲』第1集の中に、こんな手紙がある。27歳の息子さんを亡くした父のものだ。

《営々と　石積み来たりて晩年を　子の墜死に遇う　わが鏝だこよ

三十有余年、営々と自分のため、妻子のためブロックを積んで来た。学歴のない私はせめて子どもだけは上の学校まで出したかった。一八歳までは、子を扶養するのは親の義務だという。幸い慎一は横浜国大に入れた。（中略）そして、堅実な損保会社へと就職、東京本社勤務だった。この子さえ大成してくれたらとは、親のいつわらざる気持ちだった。重いブロックを、中腰で積んでいく仕事だ。腰痛に悩まされながら、もうひと頑張りだと思っているやさきの、この飛行機事故死である。人生の晩年を子の事故死に遇うとは……。労働者の歴史である鏝だこを、しみじみと見つめるのだった。嗚呼。

日航は、私たちの夢と計画をつぶして、なお終生の心の痛みを植え付けて、今日も飛ぶ。もう沢山だ。この苦痛と悲しみは、このたびのわれわれ三千の遺族で負うから、今後、他の人々にこんなつらい思いをさせないでくれ。（中略）安全なくして航空企業はあり得ないという原点に戻ってくれ。

こんな親の悲しみを再び、他の人々に受けさせたくない。（中略）大きいことはいいことだ、速いことはいいことだ、の企業体が憎いのだ。高度成長の果ての、この構造の上にわが子は殺された。罪を憎んで、人を憎まない。告訴状に、怒りをこめて署名捺印する。それをなし終えた後の、この淋しさ。

告訴したところで慎一は帰って来ない。だから、たのむこの若い慎一のなきがらを土台に、そして五二〇人の尊い犠牲の上に、空の安全を誓って、万全を期してくれ。それが本当の、慰霊になることと信ずる。》

この手紙は、当時の遺族の代表的な心情だと思う。

事故を起こした企業全体の責任を問いたかった。安全への姿勢にメスをいれたかった。安全を左右できるのは、企業のトップ、経営者であり、その責任を問いたかった。しかし、先にも述べたように、法律で、個人の責任しか問えなかった。

私は、この文章を書いた父親に会いに行った。息子さんの27歳までの人生、やっとこれからという時に、という親の無念さを痛いほど感じた。かける言葉もない。横浜の丘陵にあるお宅から帰ろうとしたとき、声をかけてくれた。

「美谷島さん、連絡会大変だよね。ありがとうね。でも、罪を憎んで、人を憎まずだよね、空の安全だね」

こう言うと、私の手を強く握り締めた。

その時、私は、「罪を憎んで人を憎まず」という言葉が持つ本当の意味とすばらしさを心に刻んだ。その後しばらくしてこの方、福田さんは亡くなられたが、遺族会を彼の言葉どおりにやっていこうと決心した。

このお父さんの年齢の人たちは、何が大切かを知っていたと思う。戦争を体験し、貧しさの日々から物があふれ出てくる社会の変化の中で生き抜いてきた。「こんな親の悲しみを再び、ほかの人に受けさせたくない。大きいことはいいことだ、速いことはいいことだ、の企業体が憎いのだ。高度成長の果てにわが子は殺された」という人は、他にもいた。私もそう感じていた。「罪を憎んで人を憎まず」の言葉に、活動の原点を見つけた気がした。

原因究明を目指して

ここで、8・12連絡会が最も力を入れた、この航空機事故の原因究明について、簡単に説明したい。

原因究明は、運輸省航空事故調査委員会によるもののほかに、警察や検察が刑事責任を追及したり、被害者と加害者が民事裁判で主に賠償額をめぐって争うなかで行われる。

ただ、日本では、情報公開を要求する権利が確立されていないために、民事法廷の場で独自に事故の事実を明らかにすることには限界があった。そのため、その役目は、事故調と、警察・検察の肩にかかっていた。

1985年8月12日、事故が発生し、警察による現場保存、実況検分、検視等が行われた。翌

13日には、事故調査委員会が調査官を現地に派遣、墜落現場の調査を開始。14日には、米国調査チームが来日、調査に加わった。

米国の国家運輸安全委員会（NTSB）、米国連邦航空局（FAA）からのメンバー、それにボーイング社の5名を加えた10名が、8月16日には御巣鷹山の事故現場に入り、後部圧力隔壁について調査し、破断面のレプリカをとって電子顕微鏡で調べ、後部圧力隔壁の破断に金属疲労による亀裂が大きく関与していたことをすでに確認していた。日本側が同じ調査を始めたのは、ボーイング社が修理ミスを認める声明を出したのと同じころだった。

事故から1ヶ月もたたない9月6日、米国ではボーイング社が、1978年にこの航空機が大阪空港で起こしたしりもち事故の修理ミスがあったことを認める声明を発表した。声明は、「現在使用中のボーイング747型機の設計、製造、構造に問題があるという証拠はない」ことを前提としながら、「後部圧力隔壁の破裂が原因で飛行中に減圧が起きた」こと、「しりもち事故での後部圧力隔壁の修理の際にミスがあった」ことなどを述べている。

この声明について、遺族たちは、ボーイング社が、事故はJA8119機に限られた原因によるものであることを強調し、この事故によって世界的に広がったボーイング747型機に対する不安を取り除くために、政策的に行ったものであると推測した。

ボーイング社が、しりもち事故の際の後部圧力隔壁の修理ミスと表明したため、事故調もその方向で中間報告をした。聴聞会を経て、87年6月、事故調査報告書が運輸大臣に提出された。

8・12連絡会は、1986年4月から8月にかけて5回にわたり、告訴状・告発状を東京地検に提出した。被告訴人は、日航・ボ社・運輸省幹部の12人。ここまで何度も記しているように、この告訴・告発は、捜査機関に、適切な捜査と相当な刑事罰を下すことを促す目的で行われた。

警察は、事故原因の調査・分析について、どうしても事故調査委員会に頼らざるを得ない部分が多い。そのため、彼らの捜査は報告書が出るのを待って本格化した。

聴聞会に出席

しかし、残念なことに、事故の原因を追及して欲しいという私たちの願いを叶えるには、事故調査委員会は弱体であった。

告訴状を提出した直後の1986年4月25日、事故調査委員会主催の聴聞会に出席した。その日の運輸省大会議室は、当事者の日航をはじめ、各航空会社や学者、航空会社の乗員組合など、関係者が意見表明をする場として、熱い雰囲気に包まれていた。

事故調査委員会は、それより約1ヶ月前の3月19日に、「事実調査に関する報告書の案」という基本的な資料をまとめており、この日の聴聞会は、調査事実に漏れがないかを関係者から指摘を受けるという目的で開かれた。このような聴聞会が開かれるのを事前に知った連絡会は、告訴状をまとめるにあたって生じた数々の疑問点を公の場で発表したいと考え、急きょ、公述書をまとめて提出した。公述人には8・12連絡会を代表して、会長、事務局長、弁護士をたてたが、遺族は事件関係者ではないということで、聴聞会での公述は認められなかった。このことは、今でも非常に残念に思っている。

ここに、事故調査委員会に受理はされたが、公開はされなかった公述書の内容を紹介しておきたい。事故後、さまざまな原因等が発表される中、この内容は、事故後1年以内であるにもかかわらず、重要な点の指摘がなされていると思う。

●公述書の内容

《①整備について——日航の整備の実態調査、事故機の整備についての特別監視プログラムがなぜ立てられなかったのか。ボ社の指示、日航の考え方を明らかにされたい。運輸省は日航の整備態勢について、どのような監督を行っていたのか。

②捜索、救難態勢について——当初から絶望ということで捜索救難に当ったのではないか。墜落地点の特定が翌日早朝となったのはなぜか。RCC（救難調整本部）はどのような機能を果たすことができたのか。東京消防庁の夜間出動ヘリがなぜ出動しなかったのか。空挺団投入が墜落場所の特定後、四時間も遅れているのはなぜか。

③設計、修理関係について——（設計）B747型機の設計経過、実物大疲労試験打ち切りに問題はなかったか。85年12月、NTSB勧告の出された背景。油圧装置のフェール・セーフ設計に誤りはなかったか。

（修理）ボ社の修理ミスは明らかであるが、ミスの発生した経過、理由を明らかにされたい。日航は、この修理についての点検、確認をどのような方法で行ったのか。運輸省、運輸大臣は、この修理の修理改造検査の合格を出すにあたって、どのような審査をおこなったのか》

事故の原因を知りたい。遺族が一番知りたい。この時から私達は、真の関係者として、事故の原因究明に係わっていこうと決意した。「将来必ず、密室に近い運輸行政や事故調査に対して確かな発言権を得られるように努力したい」と思った。

聴聞会に話を戻そう。聴聞会には、11人の公述人が出席した。疑問点として出た意見は、①尾翼破壊のメカニズムと与圧空気の噴出に伴う機内の急減圧が他の状況とあわない　②操縦室の音声の記録について事故直後の発表と報告書案との相違　③パイロットの操作　④日航の整備、点検ミスの解明、についてだった。

③については、遺族でもある大阪工業大学の佐藤次彦学長が、切実な訴えをした。操縦が不能となった8119号機のパイロットが羽田に戻るのではなく、できるだけ早い時期に着水することを主目的として、海上を西南方向に飛行するのが正しい判断ではなかったか、という疑問を呈したのだ。そうすれば、ある程度の着水操作は可能であり、事故による死亡者を大幅に減少できた可能性があったのではないかと発言した。

佐藤先生は、一人娘を亡くされた。傷心の中、連絡会にも事前に公述内容を連絡してくださる温和な人柄の人格者で、同じ遺族として、感謝の気持ちでいっぱいになる。「パイロットは、緊急事態の中でよくやったと思う。しかし、救助が早ければ、もっと助かった人が多かったのではないか」という話は、その後の遺族集会でも、くり返し話された。

原因に関しては、パイロットの組合関係者が4人、公述した。日航ジャンボ機の副操縦士で日航乗員組合の副委員長は、「ゆるやかな減圧は起きたかもしれないが、圧力隔壁が破壊するような急減圧は発生しなかったのではないか」と述べた。他の3人も同様で、「垂直尾翼に上下2枚ついているラダー（方向舵）の間の部分に黒くすれたような線がついていたのは、上下ラダーにずれが発生していたためだ。このずれによって垂直尾翼に異常な力が加わった結果、機体にねじれが起き、圧力隔壁を破壊したか、垂直尾翼の破損によって異常な力は発生しなくなったため圧力隔壁の裂け目が閉じたので、減圧は一時的でゆるやかなものに終わった」という公述であった。そのため、事故の第1現場の相模湾上空から落下して海中に沈んでいる残骸を、徹底的に回収するように求めた。

また、空の安全問題について広く言及し、活躍されている全日空の専務の舟津良行さんが、貴重な提言をした。隔壁のフェール・セーフ設計（故障や操作ミスなどの障害の発生を想定し、起きた際の被害を最小限にとどめるようにしておく設計）の改善策をさぐり、航空機一般のフェール・セーフ性の確保に貢献することを要望したのだ。そして、パイロットの訓練についても、現在のカリキュラムでは、実際に緊急事態が発生した際の対応が困難であるので、対策を考慮する方向での調査も求めた。

そして、最後の公述人となった千葉大名誉教授は、「墜落ではなく、山への衝突だった」という観点から、「520人は山が殺した」と主張した。「左旋回で海に出ていたら、被害は軽微だったはずだ。危機管理マニュアルが山岳国家日本向けにできていなかった」と言った。こうした地形に見合うパイロットの訓練や、離着陸が過密な空港の改善を求めるのが目的だったようだが、公述の随所で「山が殺した」、「第二にボーイング社が殺した」、「第三に大阪空港が殺した」と発言したことで、8・12連絡会のメンバーは、呆気にとられ、抗議の退席をした。教授の公述の終了後、再び会場に入り委員長席に詰め寄り、なぜこのような発言を許したかと、抗議をした。

「連絡会での公述を断ってまで選定した公述人とは思えない」、「事前に公述の内容を知りながら、なぜ発言させたか」、「大学教授という肩書さえあれば、このような暴言が許されるのか」と、聴聞会の委員長に問い正した。準備していたにもかかわらず発言を封じられた憤りが、この教授の公述で爆発した。

騒然としたやりとりの結果、委員長は、「皆さんの気持は解かる。原因究明につながるものであれば、文書で提出してくれれば検討する」と述べ、連絡会はひとまず納得した。

事故調は、事前に公述内容を検討している。事故調査委員会の委員の人選や聴聞会の発言者の人選は、慎重に行われなければいけない。公正、中立な事故調査がなされ、国民の安心安全な生活に寄与することが委員会の目的であることを考えると、この機関が交通行政を担う運輸省（現国土交通省）に置かれていることにも疑問を感じた。

私は、「520人は山が殺した」という発言を聞いて、涙がこぼれた。相模湾にもぐってでも機体の残骸を捜したい、と思っている私たちの気持ちとあまりにもかけ離れていた。そして、素人の私たちが、原因究明にかかわっていくことの大切さと難しさを感じた。

この聴聞会では、日航の反論も聞かれた。「後部圧力隔壁2ヶ所にごく少量のたばこのヤニが非与圧側に認められる」と報告書の案にある記述について、日航の専務は、「修理部分の疲労亀裂面からの吹き出しは存在しなかったと理解している」とした。「ヤニ」は、修理ミス後墜落までの7年間、日航の整備に手落ちがあったことを裏付けることになるが、ヤニが修理ミス個所で発生した疲労亀裂の部分とは異なるということになれば、日航の責任は軽減されるというのだ。

こうした日航の公述があった一方で、事故機が1978年に大阪空港でしりもち事故を起した直後、修理を全面的に請け負い、後部圧力隔壁の新旧接合部で重大な修理ミスを犯したボーイング社の公述がなかったのが、不可解だった。

その他、重要な検証を求める提言もあった。「大型機の設計、整備、緊急時の管制、通信の運用について実効のある勧告を」——山田機長。「大阪空港での事故後の不適切な修理、その後のクラックを発見し得なかったのはなぜか」——中口名誉教授。「緊急事態の対応には、航空機関士の存在が重要」——安藤副操縦士などであった。

調査委員会の調査過程は、世界中から注視されている。疑問を残さない報告書案を練り上げ、再発防止策を探るという重要な役割を担っているのだから、こうした聴聞会は繰り返し開かれるべきだと私たちは考えた。巨大技術は、必ずどこかに欠陥がある。それに対して批判がないと、安全は失われる。

「部外者による批判」、そして「事故情報の公開」。この2つは大変重要なことだ。

事故調報告書の内容

事故から1年10ヶ月後の1987年6月19日、事故調報告書が公表された。

大阪の遺族から、事故調報告書を読みたいと声があがった。運輸省に報告書の増刷を千部以上依頼した。「報告書を読みたい。お金を払うから増刷をしてください」と国に頼み込んだのだ。事故原因を一番知りたいのは、亡くなった人とその家族という理解がなかった。

増刷された報告書を、8・12連絡会大阪事務局の本郷房次郎さんから遺族へ発送し、多くの遺族が仏前に置いた。大切な人の死を納得するためにも、報告書で事故原因が解明され、教訓が生かされていて欲しいと願った。当時、事故に対する情報は、マスコミ以外から手に入らなかった。遺族支援として、事故原因や再発防止策についての情報提供は、最も必要とされることではないか。

事故調報告書には心から期待していた。8・12連絡会では、報告書の公表についての声明を用意した。

「事故調報告書が出されたこの日が安全への出発点であり、今後この報告書をもとに多くの論議が交わされ、教訓が生かされて実施されていくことを望みます。この事故を風化させることなく、さらに安全確立を多くの市民とともに問いかけ続けます。また、この報告書が出された日を区切りに、遺族自身も、また新しい一歩を踏み出せるよう励ましあっていきたいと思います」

私は、事故調査の報告書が出された日は、遺族にとって大きな区切りとなると考えていた。私は、報告書を食い入るように読んだ。難解な航空用語が並ぶが、この分厚い、2冊で556ページになる報告書から事故の真実を読み取る作業は、どうしても必要なことだった。

その日、私は、事故調報告書をもって御巣鷹の尾根にいた。健の墓標の前で、降りしきる雨の中、報告書の内容を健に分かる言葉に直して伝えた。そして、「健ちゃん、これが事故調報告書よ。君の死が生かされるようにこれからもがんばるから、ママたちを応援してね」と語りかけた。

御巣鷹に眠る健は、前日に11歳になっていた。私は、活動の節目節目に、御巣鷹山に登り、健に会った。

報告書の内容は、予想されたとおり、圧力隔壁破壊説に基づくものだった。航空事故調査委員会が結論付けた事故原因の要点は、こうだ。
①1978年6月2日、伊丹空港で同機がしりもち事故を起こした。
②その後の修理をボーイング社が羽田で行ったが、その際、圧力隔壁を1列リベット（金属板をつなぎ合わせる鋲）で結合する修理ミスがあった。元々の設計では、圧力隔壁の上半分と下半分は、直接重ね合わせて2列リベットで結合されている。だが、しりもち事故の修理をする際、この方法で結合しようとしたところ、上下を重ね合わせる部分の寸法が規定より小さくなっている部分があり、2列リベットが打てないことが判明した。そこで、隔壁の上半分と下半分の間に別の繋ぎ板をいれて3列リベットで結合せよ、という技術指示がだされた。この指示の通りに修理されていれば強度的には問題がなかったが、実際の修理では、指示された幅よりも狭い繋ぎ板が使用されたため、3列リベットが打たれたものの、上下を繋ぐという意味で役目を果たしていたのは、3列のうち中央の1列のみだった。そのため、この1列のリベットには大きな力が加わり、リベット穴に亀裂が発生した。その後、離着陸のたびに客室への与圧を繰り返すことで亀裂は徐々に延び、修理から7年後、1万2319回飛行した時点で隔壁が破壊した。
③事故が発生した当日、ジャンボ機が高度2万4千フィート（約7300メートル）に到達したとき、機体客室内・外の圧力差によって後部圧力隔壁が（静的に）引き裂かれるようにして破壊された。
④圧力隔壁から漏れ出した空気が後部の点検口を伝って垂直尾翼を破壊し、航空機後部の4系統ある油圧操縦システムの全てが失われて操縦不能に陥った。
⑤操縦不能の状況でフラップを出しすぎたため、急激なダイブに陥り墜落した。

この報告書に対し、8・12連絡会は、なぜ修理ミスが発生したのかに対して突っ込んだ調査が行なわれていない、点検整備のシステムの在り方に踏みこんだ勧告が欠けている、などの指摘をした。

一方で、この報告書について、「事故原因に対する情報の不足はあるものの、予算や人的パワーが少ないなかで、武田峻委員長ら事故調査委員会は、精一杯やった」という評価をした。そしてその後は、事故調査委員会の予算を増やし、また、調査機関の透明性、独立性を高めて欲しいという要望を繰り返ししていくことになる。

事故原因については、疑問が残った。

報告書では、操縦室乗務員が酸素マスクをつけなかった理由、乗務員が事故後急降下を行わなかった理由はわからないが、この間に乗務員は低酸素症にかかり、知的作業能力、行動能力がある程度低下していたと結論を出した。

しかし、これについて疑問が残る。機長らが酸素マスクをつけた様子がないことや、「大きな風速が感じられなかった」という生存者・落合由美さんの証言などから、急減圧はなかったのではないか、もしあったとしたら、酸素マスクをつけなければ失神したはずではないか、と考えられるのだ。

昭和61年10月26日にタイ航空A―300型機で爆発物による後部圧力隔壁破壊が起こった際の急減圧や大きな風速のことを考えると、事故発生時の高度や胴体の大きさなどが異なっており単純には比較できないものの、今回の事故機では急減圧がなかったのではないかという疑いがあった。

事故調の後部圧力隔壁破壊に伴う垂直尾翼破壊説に疑問をもたらし、事故調の報告書以外の諸説が、事故調報告書が発表された後も報道された。私たちはそうした報道に接するたびに、相模湾の海中での機体残骸の捜索が不十分であることを残念に思った。

ジャンボ機は、１９７０年に初就航した。日本が高度成長を遂げるなか、ジャンボ機が君臨した。それまで主流だったＤＣ８型機やボーイング７０７機に比べ、約2倍の乗客を運べるのが特徴だ。同機が登場したことで、世界の航空業界は大量輸送時代に突入した。また、日本でジャンボ機は、海外旅行ブームのけん引車となった。安全性が極めて高いことが宣伝され、誰もがジャンボは安全だと信じていた。

事故調報告書の中で、遺族の最大の関心は、勧告と建議の内容だった。勧告されたことに対して、企業がきちんと改善を行うのか。この事故によって飛行機をとりまく環境がいかに変わり、再発が防止されるかを見届けなくてはいけないと思っていた。

３４３ページの本報告書と２１３ページの付録最終報告書のなかにあった、勧告と建議を引用する。

●勧告

①　航空事故による損傷の復旧修理等において、航空機の主要構造部材の変更等大規模な修理が当該航空機の製造工場以外の場所で実施される場合には、修理を行う者に対して、修理作業

の計画及び作業管理を、状況に応じ特に慎重に行うよう、指導の徹底を図ること。

② 航空事故による損傷の復旧修理等において、航空機の主要構造部材の変更等大規模な修理が行われた場合には、航空機の使用者に対して、必要に応じ、その部位について特別の点検項目を設け継続監視するよう、指導の徹底を図ること。

③ 今回の事故では、後部圧力隔壁の損壊により流出与圧空気によって、尾部胴体・垂直尾翼・操縦系統の損壊が連鎖的に発生したが、このような事態の再発防止を図るため、大型機の後部圧力隔壁等の与圧構造部位の損壊後における周辺構造・機能システム等のフェール・セーフ性に関する規定を、耐空性基準に追加することについて検討すること。

●建議

① 緊急または異常な事態における乗組員の対応能力を高めるための方策を検討すること。特殊な緊急または異常な事態あるいは同時に複数の緊急または異常な事態が生じる場合においては、今回のJA8119の事故におけるように、乗組員が事態の内容を十分には把握できず、また、どのように対応するかの判断を下すのが困難なことが考えられる。このような場合における乗組員の対応能力を高めるための方策について検討する必要がある。

② 航空機の整備技術の向上に資するために、目視点検による亀裂の発見に関し検討すること。航空機の構造に生じた亀裂の発見は、目視点検により行われる場合が多いが、目視点検によってどの程度の亀裂を発見できるかについては、現在十分な資料がない状況である。我が国で運航している輸送機については、目視点検による亀裂の発見に関する資料の収集・分析を

行い、航空機の整備技術の向上に資する必要がある。

シンポジウムの開催

1987年の3月と7月に、8・12連絡会原因究明部会では、シンポジウムを開催した。

7月、「日航機事故から空の安全を考える」が開催された東京千代田区の星陵会館は、400人収容のホールが一杯だった。報告書が出た1ヶ月後に開いたこのシンポジウムは、遺族が企画をし、進行をした。会場には関西からも多くの遺族が来た。「事故がなぜ起きたのかを知りたい」、その思いが会場を包んでいた。両親と妹を亡くし、弟と2人になった高校生の小川領一さんも来ていた。彼は、「墜落直前に父が撮った機内の写真がある」と後に語ってくれた。一人ひとりが、亡くなった人にできることを積み上げたかった。明日を見つけていくために、どうしても必要な時間だと思った。

そして、この2回のシンポジウムは、市民が、空の安全に対して多くの議論を始めるきっかけともなったと自負している。飛行機が、この世に誕生して1世紀、その間、多くの犠牲を伴ってきた。肉親だけでなく、多くの死を無駄にさせないために、空の安全について論議をしたい。感情に走っての責任追及は、必ずしも、今後の安全に結びつくものにはならないと考えた。

原因究明部会には、事務局の私と西井紀代子さん、機内で家族宛に遺書を書いた河口博次さんの長女・真理子さんと長男・津慶さん、阪神球団社長の父を亡くしたエンジニアの中埜卓さん、父を亡くした大学院生の白井潔さん、兄を亡くした会社員の山崎徹さんらが中心となり、そこに弁護士の海渡雄一さん、梓澤和幸さんも加わった。仕事を終えてから、徹夜状態でシンポジウムの準備をした。

このシンポジウムで、航空評論家の関川栄一郎さんは、事故調査と責任追及についてこう発言した。

「残骸の押収管理は、全部警察庁が行なうことになっている。運輸省事故調査委員会は手が出せず、今回の御巣鷹の事故でも、残骸、他の証拠品は全て警察庁が押収して管理している。それを、事故調査を担っている事故調査委員会に貸し出すというかたちをとっている。しかも、ただ貸し出すのではなく、警察庁が行なう犯罪調査の一環として残骸を鑑定してもらうために貸し出すという規定になっている。警察が残骸を貸し出す目的が、そのため、事故調査委員会の本来の目的は再発防止であり、犯罪の調査、責任追及とはなんら関係がないにもかかわらず、結果的に、警察による犯罪調査に手を貸すことを強要されている」

そして、この状況についてはこう言及された。

「日本では事故調査イコール責任追及と考えている人が多いため、今急に再発防止を優先させると言っても、なかなか世論の理解を得られないのではないか。これについてはなるべく幅広く論議を行ない、決めなくてはならない問題だと思う。アメリカでは、再発防止を優先させる傾向が定着している。それに反して、我国が再発防止を後回しにし、責任追及を優先させるために調査報告書を裁判で利用する、という後戻りはできないと思う」

私は、この話に心動かされた。再発防止のための事故調査を日本はもっと重視しなければいけないと感じた。

関川さんの発言を受け、事故調査と責任追及について、連絡会では、その後も議論を続けた。

全日空の専務の舟津さんは、遺族にこんな話をしてくれた。「事故防止のためにはデータの集積が不可欠だが、ヒューマンエラーの場合は、自分から言わないとデータベースにとり入れられない。英米の航空先進国では、責任を問うことよりもデータを集めることを優先させる考え方が徹底している。日本の場合は、事故防止のために報告すべきだといいながら、一方ではねずみとりみたいにして罰する。それはどうかと考えている。英米では、毎月何百通という報告があり、日本はそのデータを全部もらって活用している。こちらからギブはせずテイクしているだけなので、肩身がせまい気がしている」と。

私は、このシンポジウムの後、航空法調査研究会代表幹事で航空安全報告制度の研究をしている宮城雅子さんのお宅にも伺った。宮城さんは、「欧米では、インシデントやヒヤリ・ハットの事例を会社の枠を超えて情報を共有し、事故の未然防止に役立てている」、「安全に対する基本的態度として最も重要なことは、事実に対して謙虚でなければならないことである」と話された。

しりもち事故の修理に関して、報告書では、「修理計画全体はほぼ妥当であった」とあり、「修理作業において後部胴体の変形に対する配慮がやや不足していた」としている。

小林繁夫東大教授は、シンポジウムでこう発言した。「私が担当者でございましたら、この機体はシアトルのボーイング社へ持って行き、しかるべき完備した治具で修理をするか、それが困難であれば廃棄する、というのが正しい答えだと思っております」。

報告書は、修理計画全体は妥当だったとしているが、しりもち事故の際に後部圧力隔壁の上・

下部とも交換すべきだったのではないか。下半部だけ交換すればよいとした修理計画は妥当ではなかったのではないか。後部圧力隔壁全体の交換を選択しなかったのは、夏場の観光シーズンでもあり、会社は航空機を一刻も早く復帰させたかったからではないか。ここできちんとした計画のもと適切な修理が行われていたら事故は起きなかったのではないか。私は、小林教授の話を聞いて、このように思った。

遺族は、集まると話し合い、安全に関する本をめくった。「事故を防いでいくにはどうしたらいいのだろうか？」、「遺族としてできることは何か？」そんな会話が続いていた。私は、なぜ、ボーイングは修理ミスをしたのか、その背景を知りたかった。そして、日航は、なぜ修理ミスを見抜けなかったのか。いくら考えても分からなかった。

しかし、そんな遺族の思いとは離れて、ＣＶＲ（音声記録）、ＤＦＤＲ（飛行記録）の生テープは、ともに公開されないままだった。公正な事故調査のためには、プライバシーの問題等を考慮した上で、なんらかの方法で公開して欲しいと思った。

機体の海底捜査も途中で打ち切られたが、その理由もわからなかった。機体の設計や会社内部の組織図など、事故に密接に関わる情報がなかなか公開されない。航空機業界全体に横たわる密室性を感じた。

群馬県警

１９８７年10月と88年７月には、群馬県警の日航機事故特別捜査本部を、大阪からの遺族も交えて訪れた。機動隊、自衛隊、消防隊など関係機関の当時の活動の様子を聞いて、携わってくださった人々の多さに驚き、改めて感謝した。

群馬県警特捜本部の部屋に入ると、さまざまな航空関係の文献が並び、事故機と同型の模型、御巣鷹の尾根を再現した大きなパネルが目に飛び込んできた。あの悲惨な現場を知る群馬県警の熱意が伝わってきた。

群馬県警は、けわしい山中で遺体収容と犠牲者の身元確認作業に全力を尽くした。事故後約20日間、検証作業に没頭し、細かく区分した地図に、一人ひとりの遺体の発見現場の印を付けたという。また、航空工学を、「飛行機はなぜ飛ぶのか?」という初歩から学んだという。土・日もなく、徹夜で専門書を読み、知識を共有するための勉強を繰り返した。「早朝に前橋を出発し、羽田空港で日航の社員に話を聞き、深夜に帰る日々」だったと話す。

事故機の残がいを見せてもらい、身元確認の時の話を聞いた。気になっていた回収されていない機体の残がいの話も聞いた。「原因究明の手がかりとなる垂直尾翼の7割は引き上げられず、相模湾に沈んでいる」といった。

検証班長の高橋勝さんは、別れ際に、日焼けした顔をゆがませて、「遺族の人たちが一日も早く元気になって欲しい」という言葉を私にかけた。うれしかった。「ここでも支えられている」と思った。

後から聞いたことだが、県警の検証班は、遺体や遺品の収容がほぼ終わっても計測や記録作成のために連日山に登った。高橋さんは、山の峠にさしかかったとき、ここを「みかえり峠」と呼ぼうと、同僚に言ったという。ここは現場からの帰り道、御巣鷹の尾根を見通せる最後の場所。遺族が、後ろ髪を引かれるようについふり返ってしまう場所だ。高橋さんが名づけた「みかえり峠」は、事故から毎夏、慰霊登山に訪れる遺族の私たちを迎え、見送る。現場まで行けない遺族は、ここでじっと尾根に手を合わせた。

群馬県警は、87年8月に日航本社、10月には運輸省航空局を家宅捜索した。遺族たちは、この群馬県警の動きに注目した。その後、88年3月、捜査共助を求めて品川正光警視らが渡米したが、ボーイング関係者の話を聞くことは出来なかった。その前に悲しいことも起きていた。事故機が大阪でしりもち事故を起こした時の運輸省航空機検査官が、87年3月、群馬県警の事情聴取を受けた後に自殺した。運輸省関係者として、警察が初めて呼んだ参考人だった。

88年12月、群馬県警の特捜本部は、業務上過失致死傷容疑で、20人を前橋地検に書類送検。ボーイング社の4人は氏名不詳のまま、送検されたなかに企業の経営者はおらず、現場責任者が主だった。私たちが告訴した人物と、群馬県警が送検した人物とがかけ離れていた。

この送検により、事件は、前橋地検と東京地検の合同捜査になった。私は、1988年12月16日、参議院決算委員会に娘夫婦一家を亡くされた太田賢助さんと出席した。太田さんが、「ボーイング社への捜査共助の要請について」質問をした。回答は、「外交ルートを通して米国と折衝中」だった。太田さんは、堂々と質問をされた後、「亡き娘たちのために国会に挑みました」と私に話された。

89年3月には、8・12連絡会は前橋の地検を訪れて捜査について要望を出した。

署名運動

1989年6月19日、「この事故の実態と真相を公開の法廷で明らかにしたい」という遺族の要望書に、市民の方々からの賛同の署名を集め始めた。

署名運動には、藤岡・高崎・前橋のボランティアグループも協力してくれた。この年の夏から秋にかけて、遺族は署名集めにあけくれた。

この署名活動で、遺族は団結した。真夏の強い日差しが肌をさす頃のことだった。街頭署名は、大阪は梅田で、東京は有楽町でした。

「520人の命を無駄にしないで」というビラを持って、延べ100人の遺族が昼夜を問わず街頭に立った。「飛行機は市民の足です、この事故は人ごとではありません」と、多くの人々に空の安全を訴えた。

「もう起訴されたのではなかったの?」、「がんばってね。大きな事故、原因をはっきりさせてね」と、道行く人から声がかかる。

署名を頼む遺族の一人、加藤留男さんが被る帽子には、慰霊登山した日時が書いてあった。21歳で亡くなった息子さんと一緒にいるお父さんの姿だった。

仕事帰りのサラリーマンや、夜の町に繰り出す若者たちがひっきりなしに行きかう有楽町駅前。私は、署名を頼む時、最初はすこし恥ずかしくて、小さな声しか出せなかった。2日目になって慣れてくると、少し腰を低くしてビラを渡してみた。すると、いろいろな人が話しかけてくれた。4日目、熱心に読んでくれる人がいた。

サラリーマンが立ち止まって、「僕は、技術部門にいるんだけど、人間はミスをするもの。そのミスを責めるのではなく、繰り返さない対策をたてることが重要だよ」と。

また、初老の男性は、「科学技術や航空産業は、こうした事故から学ぶことで発展している。

でも、技術が進歩し、生活が速く便利になることだけが、人間の幸せにはつながらないね」と言う。

私はうなずきながら、学びあうってこういうことなのかもしれないと思った。うれしかった。命の重さを訴えながら、多くの人に出会い、勇気を貰えた。

署名運動をしながら遺族で話したことは、「加害者への恨みや復讐心でこの運動をしてきたのではない」ということ。人を恨むということは、つらい。恨んでも自分がなぐさめられるわけでもなく、自分に得るものは何もないと私も思っていた。

事故後1年目に、横浜の遺族が、『罪を憎んで人を憎まず』、その姿勢で連絡会はやりましょう」と言ってくれた言葉の本当の意味をかみしめた。

事務局には、宅急便で署名が入ったダンボールが遺族から送られてきた。1人で1万人分、集めた人もいた。その中にこうしたメモがあった。

「今後の安全に生かしてほしい、真実を闇に葬られたくない、そう思ってふだんは消極的で目立ちたくない私も、精一杯周囲の方々に理解を求めました」、「亡き夫に何かをしたい、せめてこれぐらいはと小さな子供の手を引き集めました」とある。涙をあふれさせながら、集まった署名の整理におわれた。わずか3ヶ月で集めた26万人分を、9月、検察に提出した。

不起訴処分

署名活動をしている最中の89年8月12日、8・12連絡会は、前橋地方検察庁検事正宛と東京地方検察庁検事正宛に、要望書を提出した。

単独機として、航空機史上最多である520人という犠牲者をだし、世界中の人々を震撼させた事故の公訴時効まで、1年を残すだけとなった。こんな大事故がどうして起きたのか、520人の命を取り戻すことができないのなら、せめて、再び同じ原因によって尊い命を犠牲にさせたくないという気持ちだった。事故から4年目のこの夏は、多くの仲間と気力をふりしぼって、忙しい日々を過ごした。

しかし、マスコミは、この年の9月には、一斉に検察の不起訴処分が決定したとの報道を流した。そんな状況下、検察庁では9月29日に高検、地検の合同捜査会議が開かれ、米国への検事2名の派遣を決めている。

私はさらに、「この事故の真の原因を、公開の法廷で明白にしてほしい」という内容の投稿を1989年10月19日の毎日新聞にした。

万人に公開される裁判という場で、事実関係と責任の所在が明らかにされ、再発防止につながることを望んだ。起訴はあくまで「真相と責任を明らかにする入り口」と思っていた。そして、前橋・東京両地検が、事件の真相の解明に向けて、適正かつ迅速な捜査をされるよう望んだ。

修理を担当したボーイング関係者については、氏名不詳ということだったが、修理指示書の上では明らかになっている。社内では人物は特定されているはずだ。それなのに、何故、その4人に直接話を聞いて事件の真相を明らかにすることができないのか。国が違うという理由で真実に手が届かないことに、私はあせりを感じていた。遺族からは、「できるかぎり真実にせまってほしい」、「検察は、起訴した以上、有罪にならなければ検察の権威に関わると思っているかもしれない。しかし、日本の検察が有罪率99パーセントを誇っているのが変だ」の声が寄せられる。

ボ社の修理作業員からの事情聴取は、数次にわたる検事の派遣によっても実現していないようだった。

捜査は、１２０７日に及んだ。

１９８９年11月22日、検察の下した結論は、全員不起訴だった。

事故の責任は、誰も問われなかった。だが、現実に何らかが原因で５２０人は死んでいったのだ。捜査が不起訴になったことについて、県警特捜の品川正光さんは、「不起訴理由は嫌疑不十分で、過失がまったくなかったということではない。航空関係者は、この事故が防ぎ得た事故だったということを十分認識し、航空機の整備、点検に限りない努力をして事故防止を図ってほしい」と話した。

しかし、たとえ事故を捜査した警察がそう言っても、不起訴になってしまったら、安全のために論議を交わす機会がなくなってしまう。企業は人命軽視の思想を温存させてしまうのではないかと危惧し、やりきれない思いがした。法律っていったい、誰のためにあるのだろうと思った。ごく普通の市民の生活や命が守られるためにあるはずなのに。法律を守り日々生活している善良な人たちの暮らしを守るためにあるはずなのに。市民の感覚をもっと取り入れていく司法の仕組みが必要だと思った。

時代は、変わりつつある。技術も産業も、そこで起こる事故も、今までのものとは違う。個人の責任だけを問い、組織の責任を問うことができない業務上過失致死罪には、限界がある。個人の責任は、肥大した組織の中に埋没してしまっているのだから。法は、時代の変化に追いつかなければならないのに、法と現実が遠ざかっていると感じた。また、航空機産業に国境の壁はないはずなのに、事故の責任だけは、国境の壁に阻まれて問えない。国家間の法体系の違いも、責任追及における限界を生んでいた。

このまま不起訴になると、群馬県警や前橋地検が、これまで蓄積したキャビネット30個に及ぶ膨大な調書・写真・証拠品などの捜査資料が生かされない。何としても、事故調査の膨大な資料を生かしたいと思った。

「安全」は、どうしたら守れるのだろうか。事故原因の真相究明は、刑事責任を追及する公開の法廷では無理なのだろうか。事故調査と刑事捜査の区分を明確にすることへの論議を高めたいと思った。

検察審査会の熱意

「検察審査会」という、民意を反映させるための司法機関がある。選挙民の中から無作為に選ばれた民間人が、検察が行った判断が適切かどうかを審査するのだ。国民の司法参加という点で、2009年に始まった裁判員制度の先輩にあたる。最近では、2005年に起こったJR福知山線脱線事故で、一度は不起訴となったJR西日本の歴代3社長を「起訴されるべき」だと議決したことで注目された。

私たちは、この民意の代表である検察審査会に、1989年12月19日、申し立てを行った。会の公正な審査によって、再度起訴への道が開かれることを切望した。

遺族側には、計3回の意見陳述の機会があった。その前に会では、前橋検察審査会に遺族からの手紙を出している。「この大惨事は防ぎ得たものと確信している」、「何の権力も持たない一市民として公正な判断をお願いする」という内容が多かった。

1990年1月16日、私は、検察審査会を遺族や弁護士と訪ねた。

申立書に従って、①ボ社の作業員は特定されている。修理ミスの動機を検察官は問題にしているが、過失犯に動機の認定は不要である。②嘱託尋問は可能であるし、やれば効果はある。③領収検査についての検察の主張は、日航は外観の検査さえすればよいことになっていて不当だ。④整備については、現に行われた整備を前提にするのではなく、修理を行った個所に対して、どのような整備が必要だったのかという観点から検討すべきだ、といったことを話した。

審査員に選ばれた人たちは、法律にも航空機にも素人なのに、限られた時間の中で、ものすごく勉強していた。席につくとすぐに、「ボーイング社の話は聞きたいですか?」「日航の領収検査は見回りのような形で、ボーイング社に任せていた気がしますがどうでしょうか?」など、遺族への質問が多くされた。一生懸命やってくださっている熱意が伝わってきてうれしかった。

膨大な記録を審査会の事務局や各委員は整理し、公正な審議をしようと努力していた。前橋ということで、当時のことをよく知っていて、「もう悲惨な事故を繰り返させたくない」と発言する委員もいた。

私は、「何も知らされないままピリオドを打たれたくない」という遺族たちの思いを伝えた。検察審査会とは、市民の声を司法へ反映させるすばらしい制度だと思った。市民感覚が判断に反映されることを期待した。

1990年4月25日、議決結果公表。ボーイング社2名、日航2名を不起訴不当の判断。しりもち事故当時、日航内で関連部門との協議、調整はしていたのか。各部門のセクショナリズムや確執など、人命を預かる組織として、あってはならない動脈硬化ともいえるものがあったのではないか。審査会からは、こうした指摘がなされた。

この検審議決書では、大阪でのしりもち事故に先立つ1975年12月、日航が起こしたアンカレジ空港での事故（米国アンカレジ国際空港で離陸しようとして誘導路に入った際、機体が凍結した路面でスリップ、ほぼ胴体下半分を大破し、ボーイング社のAOGチーム〈ボーイング社の特別修理チーム〉が大修理をした。その際、修理ミスを発見し、4ヶ月がかりで再修理をした）についても触れ、その際の修理、検査と対比して、今回の検査の杜撰さを批判していた。

航空機事故の防止や捜査の在り方を根本的に見直す審査結果の内容に、事故後初めて、うれしさで涙があふれた。これまでやってきたことが無駄ではなかった。亡くなった520人の無念の叫びがようやく届いた気がした。

絶望の再不起訴

検察は再捜査をはじめた。時効は、すぐそこにあった。

当時はまだ、検察審査会の議決には、検察の判断を法的に拘束する力はなかった（2009年5月に検察審査会法は改正された）。

1990年7月12日、検察は再不起訴を発表した。ボーイング社への嘱託尋問もしないままだった。

検察審査会の議決の大きな柱であったボ社関係者についての嘱託尋問は、検察が司法共助の要請をしたにもかかわらずアメリカ側の協力は得られず、「被疑者不詳」のまま不起訴となった。

8・12連絡会では、ボ社関係者を免責してでも事情聴取して欲しいという要望をしたが、実現しなかった。米国と日本との法体系の違いのはざまに、最も大事なもの、つまり、原因と責任を明確にすること、が落ちてしまった。

再不起訴が発表されたその日、私は御巣鷹山に登っていた。下山し、慰霊の園で「再不起訴」を聞いた。失望感、虚脱感だけが残った。

一緒にいた遺族と、「再不起訴の理由を説明してもらいたい」と話し合った。この日の深夜、事務局の西井さんと私、大阪からの遺族ら4人は、徹夜して「日航機事故の不起訴処分を許さない」「無駄にしないで520人の命」という横断幕を作った。そして、翌13日、連絡のついた10人の遺族と弁護士で、不起訴理由の説明をしてもらうために前橋の検察庁に向かった。前橋地検の前で、夕方まで7時間待ったが、結局、検事正と面会させてもらえなかった。私たちの肉親がなぜ死んだのかを知りたかった。「遺族が座り込み中」と報ずる夕刊が発行されると、次席検事から、日を改めて説明会を開くことが提案された。

ようやく7月17日、前橋地検で、検事正による不起訴理由の説明会が開かれた。「通常は不起訴についての説明はしない。今回は、異例のことだ」と言われ、びっくりした。検事正自身が遺族に不起訴の理由を説明したこと自体、前例もなく画期的なことだという。

その日は、23人の遺族が、全国からすぐに集まった。約5時間にわたる説明会では、遺族側は、墜落原因とされた圧力隔壁の修理を行ったボーイング社への捜査の不十分さなどを指摘した。検事正は、「米国では、飛行機事故において、重大な過失とされること以外は犯罪として処罰しない」と日米の考え方の違いを指摘し、「制約の中でやらなければならなかった」と釈明した。修理の領収検査をした日航関係者を含め、最終的に全員を不起訴処分にしたことについては、「とても残念。徹底的にやりたかったが、大型ジェット機を支えるシステムは巨大化し、個人の責任の所在は分散、埋没する。企業責任を問えれば起訴できたと思うが」と法制度の限界を語り、「立法化を私も望んでいる」と答えた。

検事正の説明をすぐにまとめ、遺族に会報で知らせた。多くの遺族から、すぐに連絡が来た。「なぜミスが生じたのかを解明することが、今後の安全につながる」、「本当の原因は何だったのか、改めて知りたい」、「前橋地検のトップが、不起訴の説明会のとき、きっと真実がわかる時がくると言ったことを今でも忘れられない」、「悲しみに時効はない」などという声だった。

私は、たとえ無罪になるかもしれなくても起訴する、ということがあってもいいのではないかと思った。検察には壁を越えて欲しかった。

説明会のとき、検事正はこうも言った。「我々は、検察審査会に資料を全て出すなど、全面協力をした。我々が協力しなければ審査会は何も分からなかっただろうと思う。大きな事件なので、我々としては、審査会にも全面協力して市民の人たちの感覚を知りたいと思い、協力したんですよ」と。「市民感覚」という言葉がむなしく響いた。

刑事事件の記録は、起訴された事件については確定記録として閲覧が可能だが、不起訴になった事件の記録は原則として閲覧できないのだ。膨大な記録を保存し、そして、残したい。

説明会の後、遺族は、地検2階の資料室に案内された。

資料は全て、ここに保管されている。事故後の機体写真、機内写真、相模湾の捜索、遺体写真、強制捜査、日航、ボ社、運輸省への事情聴取など、20個分のキャビネットは全て開けられ、どれを見てもよいということだった。その時間、約20分間。

凄惨な事故の写真に、皆、言葉を失った。全ての資料を公開して、今後の空の安全に役立てて欲しいとひたすら思った。

検察からは、ボーイング社の公訴時効は成立しないこと、そして、保管されている捜査資料は、参考資料として保存されることになるだろうという話があった。

8月、時効が中断したままのボ社関係者を除いて、時効を迎えた。ボ社の事情聴取はされないまま、同社の修理ミスの背景や具体的原因は永久に解明されることはない。真相が、国際間のみえない圧力の下で消えてしまう。無念でならなかった。遺族からは、「納得がいかない」と再調査を望む声が上がった。

公の場で、どのような過ちが、何故起きたのかを明らかにしたいという希望は叶えられなかった。今後の安全対策に役立つ資料が、日の目を見ることがないのが残念でならなかった。

私は、「人を罰してほしかったのではない」と改めて思った。

事故直後に、遺族が刑事告訴を起こすのは負担が重い。この方法しかなかったが、遺族が本当に望んでいるものはそこになかった。刑事告訴をしたことで、私たちは、原因究明を求めるのには、刑事責任を追及するやり方は問題があることを知った。

刑事責任の追及は、事故の原因究明にはあまり役に立たない、逆に支障になっているのではないか、と話し合った。多くの人が係わり分業で作業がなされている場合、そのひとつひとつの動きを切り離して、どの人がやったのかを特定するのは困難だ。そこで個人の刑事責任を追及しても、原因究明にはつながらない。

ここまで何度も記しているが、事故の原因究明に欠くことができないのは、当事者にありのままを語ってもらうことだ。しかし、当事者には、刑事事件の捜査で語れば責任を追及される、という恐怖感がある。米国でとられているような「免責」という方法をとらないとだめなのではないか。個人の責任を追及するという枠組みは果たしてよいのだろうか。遺族たちで何度も話し合った。

弁護士からは、こんな問題が提示された。「重大な事故であっても実際に起訴される割合はあまり高くない。しかし、それにもかかわらず犯罪捜査のほうが事故調査より優先されるため、捜査機関に証拠が集中する。事故原因に関する貴重な資料が、刑事事件の記録に埋もれてしまうのではないか」と。また、業務上過失致死傷の事件では、被疑者から「予見できたことを認める供述」をとるため、事故原因の究明とはあまり関係ないことにかなりの時間が費やされるという。

その状況下だと、事故原因の究明には、事故調査委員会の報告書が大きな意味を持つことになるが、肝心の事故調は、委員と調査官を含め20人ほどしかいない。通常の事故調査予算は、年間約4千万円（1986年当時）で、御巣鷹事故でも2億円余の追加にすぎなかった。この予算内で、機体残がいの回収や分析、自衛隊施設を使った減圧実験、模型を使った垂直尾翼の破壊経過の検証などを重ね、最終報告書をまとめたのだ。相模湾における機体の捜索作業は20日間。実機を使った実験などは無理な話だった。

一方、米国をみると、国家運輸安全委員会（ＮＴＳＢ）は、大事故が起きれば数十億円規模の予算が組まれる。調査官は１３０人。徹底した残がい回収や、実際の機体を使った再現実験も可能だ。

制度上の壁もあった。事故調がボーイング社の社員に事情を聴けなかったのは、「調査結果が警察の捜査資料に使われるから」という理由だった。米国では、事故関係者が事実をＮＴＳＢに話すことを重視し、刑事責任を問わない場合もあるのに対し、日本では、警察の資料に優先的に使われることが問題にされたのである。

また、国際的な調査委員会がないため、事故調査や責任の追及において、国と国との力関係が反映されてしまう。この事故の場合も、日本に対して強い影響力を持つ米国の、しかも基幹産業である航空機産業（とりわけ、ボーイング７４７は、主力機種である）を根本から揺るがしかねないような調査結果は、公にされにくいという現実もわかった。

１９９０年8月11日、事故から5年が経ち、刑事事件の時効をむかえた。刑事責任追及の活動をしてきたが、結局、不起訴という結果になってしまった。しかし、この5年間の活動は、空の安全に対する社会全体の意識を高めることにはなったと思う。なかでも、検察審査会の議決は、刑事裁判の判決と同等、もしくは、それ以上に価値のあるものではないかと思っている。検察審査会が議決した「市民感覚」を、検察も、そして日航関係者も受けとめてほしい。

捜査にも調査にも時間がかかりすぎた。再発防止のための調査と対策は一刻を争うことだ。5年が経ち、時効を迎えても、「健はなぜいなくなってしまったの？」に対する答えはみつからない。悲しみが薄れることはなかった。

第4章　補償

すぐに始まった補償の話

事故から2ヶ月後にあった藤岡市での出棺式のあと、日航の世話役が、別れ際に言った。「事故からもうすぐ3ヶ月になります。補償のお話をさせていただけますか」と。

その夜、健は、お花畑の中に立ちにっこりと笑い、「お母さん、ぼく帰ってきたよ」と言った。

その日から、私は、心の中で「あの子は死んでいない、あの子を生かしてあげなければ……」と思うようになった。

事故から四十九日経った9月30日、日航及びボーイング社から、補償に関しては誠意を尽くす、日航を窓口とした一元化でさせて欲しい、という文書が来た。

補償の話は、驚くほどの速度で準備されていた。

事故から4ヶ月目の12月に連絡会が発足し、新聞等で報道されると、一般の方々からの電話や手紙が事務局あてに毎日のように来た。事故原因について語る航空関係者や自衛隊の人、日航の内部について知らせてくる日航職員もいた。航空会社の組合員などからも面会を申し込まれたが、私たちは、なるべく独自の活動をしようと考えていた。

そのなかで、1986年4月、日航羽田沖事故（1982年2月、羽田空港に着陸しようとしていた日航機が突然失速して滑走路沖の東京湾に墜落、乗客24名が亡くなった）の遺族会の方と会った。事故後の活動状況などがつまっている遺族会の会報と、励ましをいただいた。連絡会のその後の活動に役立つものばかりだった。多くの人々と手を結んでいこうという気持が高まった。

連絡会は当初から、命の値段を高くするために団結するのではなく、空の安全を求めていくことが、肉親の死を無駄にしないことになると考えていた。

補償交渉イコール遺族会というイメージがあり、マスコミからは、「遺族会は、補償問題以外にいったい何をやるんですか？」という質問を多くされた。補償交渉については、会の中でその後、何度も論議が繰り返された。

補償交渉だけを目的とすると、交渉が終わると会も解散してしまうだろう。人間の欲には限りがない。遺族同士の争いにもなりかねない。弁護団にとってかかわるような遺族会にはしない。社会的に弱い立場にある遺族に、補償交渉のやり方を会報で流し、全体の底上げをしていくことを活動方針の柱とした。その初心は、貫かれた。

この基本姿勢が、会報「おすたか」にも反映された。補償交渉の窓口にはならないが、自分たちが補償交渉をするにあたって得た情報は、会報や集会でできるだけ公表し、共有した。

特に、顧問弁護士と相談して行なった１９８６年６月のアンケートは、一人で補償交渉している遺族たちから、「とても参考になった」という手紙が来た。

その内容は、補償交渉の進捗状況について91家族が補償の情報を寄せ、そのうち58人の遺族が、日航からの提示額を匿名で知らせてきた。事務局では、提示額を、慰謝料と逸失利益、年齢、性別の表にし、その資料を会報に入れずに、号外として会員に配った。提示額の低い弱い立場の人にその情報が知らされることとなった。日航は、弁護士を通さない遺族同士のこの形の情報交換をとても嫌がった。

また、補償交渉にあたっては、連絡会の顧問弁護士が、ボランティアとして遺族のさまざまな質問に答えてくれた。

弁護士に寄せられた質問には、「慰謝料とは何ですか?」、「逸失利益とは何ですか?」といった、いわば基本的なものが多かったため、「おすたか」ではQ&Aを載せるかたちで誌面をさき、遺族の知識の底上げを図った。交渉の際に理解しておくべき用語の内容を、弁護士に簡単に説明してもらった。特に、夫を亡くし、小さな子を抱えた人などからは、不安が募るばかりの日々だっただけに、いろいろな質問がよせられた。そうした質問にも、会報で答えていった。

夫の年収から自分で補償金額を計算して、事務局に送ってくる妻もいた。小学生の子供2人を育てていく遺された妻のたくましさに、敬意を表したい。「補償交渉は世話役と一対一でするのが原則といわれ、勤務先にも相談し、本でも勉強し、一人で交渉にあたりました」とある。

こうした情報交換が活発におこなわれた結果、のちに遺族がまとまって賠償だけを弁護団に依頼をする「8・12賠償交渉団」が結成されることになった。

また、1986年7月には、「日航JA8119人災事故の正当な賠償を求める会(50人以上の犠牲者の遺族が参加)」が、ワシントン州地裁に損害賠償請求訴訟を起こした。そして、ボーイング社は、ワシントン州キング郡地裁の開示命令に対して、1987年5月、以前起きたしりもち事故の修理ミスと墜落事故の間に因果関係があったことを自白した。ワシントン州の賠償責任法では、被告が自らの過失行為と結果の因果関係を認めた場合には、立証を経ずに賠償義務が認定されることになり、証拠開示は不要ということになってしまった。

日本人原告の賠償額認定については、日本の裁判所で行うことになった。賠償を求める会では、1988年1月に東京地裁に提訴、1991年3月、裁判長の勧告にしたがい、和解が成立した。

日航の世話役

日航は、事故の日の8月12日、20時20分に羽田空港に事故対策本部を設置。20時40分には、現地に行くバスを8台手配した。対応は早いが、捜索救助、安否確認についての情報は、警察、消防、自衛隊など各所から日航を通じて遺族に伝わるので、迅速性がなく、また一元化されていなかった。

事故直後から家族には、日航から世話役がついた。だが、加害者と被害者という関係の中で、双方ともにストレスを感じることが多くあった。それでも遺族は、遺品や慰霊に関する情報など、すべて世話役に頼るしかなかった。全国に散らばる遺族は、日航から個別にもらう情報以外は、先行しているマスコミ報道を頼るしかなく、事故直後から孤立していた。

当時は事故直後の被害者家族への「心のケア」が重要だという認識が社会的に浅かったこともあり、世話役は心のケアも担うこととなった。「混乱の中、頼ることで日々の生活をかろうじて回転できた」と感謝する人がいる一方で、世話役の人間性に疑問を感じる人もいた。親身になってくれる世話役がついた遺族はよかったが、そうでない遺族は不満を口にすることになっていった。遺族と世話役、どちらにとっても辛いことだった。何度も世話役が替わる人もいた。

私は、事故から1ヶ月ほど経った9月から、部分遺体が安置されている藤岡市に何度か足を運んだが、その部分遺体の確認方法についても、遺族のほうから日航に聞かなければ知らされない状況にあった。藤岡市で知り合った遺族10人ほどで、声をかけ合った。

「世話役は、よくやってくれるが、事務的なこと以外は話さない」と言う遺族が何人もいた。テレビや新聞から情報を得るのみで、ほかの遺族のことがわからず、不安があることもわかった。

藤岡で待機している日航社員は、どんな時でもついてきた。精神的に不安定な遺族を気づかってのこともあるのだろうが、遺族同士を接触させないようにしているのではないかとも思えるほどだった。いろいろな情報が、このまま全て日航のペースで知らされるのか、という危惧感もあった。8・12連絡会が結成されてからは、世話役以外からの情報も共有しようと、遺族同士で情報発信をしていくようになった。

事故後8ヶ月の頃は、補償交渉をする世話役に交代したため、遺族への誠意のない対応が一番目立った時期であった。日航からの、8・12連絡会に対しての根も葉もない中傷もあった。連絡会の会員が増し、遺族が集会を持ち、発言権を得ていくことに危機感を感じた日航のあわてぶりがみえた。日航は、なんとか遺族の分断を図ろうとしたのだろう。事務局には、毎日のように相談の電話や手紙が届いた。「ただ話を聞いてほしい」という人もいた。「おすたか」には、日航の気持ちを反映している世話役の発言が、遺族の手紙を通じて載せられた。

《補償交渉で、金額を提示してきた日(12月5日)。世話役が、「これ以上、私の力では出来ませんので、お互いに弁護士をつけて交渉してください。私は身を引かせてもらいます」、「奥さん、弁護士を雇うと金が掛かるのは前々からよく言っているでしょう」、「早く貰って利息で暮らすのがいいですよ。奥さんがハンをつかなくてもいいですが、そうしていてもこれ以上出るものではないですから」と。私はこのまま引き下がっては負け犬になると思い、近くの市議会議員の方に相談したのです。交渉にあたっては市議の方に同席してもらいました。力になってくれました》

一人で必死に交渉する状況に、言葉を失った。

こんな手紙も届いた。

《私は経済的な面だけでなく、肉体的にも十二指腸かいようになり胃などもいたくて、日航の方が来られるごとに痛みと落ち込みで、もう駄目になりそうな気がして、仕方なく示談しました。今、入院するわけにもいかず、まして私が死にでもしたら子供達が孤児になってしまいますので、もう生活さえできたら、という気になりました。厚生年金の遺族年金だけではとても食べていけません。分かってください。頑張られる方は幸せなほうだと思います。一言、印を押す時、私の場合主人ですので、主人の母にも慰謝料に対する権利があるので、母の印と印鑑証明書が一枚いりました。親子関係、兄弟関係がこじれないよう注意なさってください》

他にも、こんな知らせが届いた。

「事故の日、私は妊娠3ヶ月でした。2月10日、無事男の子を出産しました。主人の生まれかわりです」

「お母さんがなくなってから、お父さんがご飯を作ったり、洗濯をして僕が学校へ行くのを見送ってくれます。僕はお父さんと寝ます。お父さんはいつも疲れているようです」

「日航のおじさん　天国に電話をつけてください」

「亡き子の中学の卒業式でした。あまり悲しくて出席できませんでした。補償の提示など求める気になりません」

「昨年の事故のため、長女は美術製作ができなくなり、退学となりました」

「この人災にあっていなければ、モヤシの味噌汁にも幸福感が味わえるのです。お金のかかる高級料理はいらないのです」

「あの残酷な姿の遺体を思うと、今なお怒りに震えます」

「我が家は兼業農家で今では男手がありません」

「事故後百日余りで母がなくなり、私は現在一人きりです」

「主人は社員4人の小さな設計事務所を経営していましたが、2月末廃業しました」

「子供達が大きくなるまで、何とか暮らせるようにしてください」


「おすたか」第3号（1986年4月）に投稿してくれたルポライターの鎌田慧さんの文面を引用する。

《日航は、当時、コスト削減のために整備での合理化をすすめ、「儲かる整備」をスローガンにして直接的にはカネにならない自社の整備より、他社の整備を多く扱っていた。さらに、羽田沖の事故後の体質を変えることなく、大事故が発生し、これほどの犠牲者が出ても、日航機は飛び続けていた。これは、戦争の論理であり、事故を反省すること自体、国家的損失という思いありだ。さらに、補償金をもらっても、奪われた貴い命は帰ってこない。しかし、だからといって補償金を値切るのは、人道上、許されることではない。反省と誠意は、その補償の仕方と安全確立の事実でしかない》

遺族らは、日航の体質そのものに怒りをこえた、絶望的な思いを抱いているようにみえた。補償交渉について、日航は早く決着をつけようとするあまり、誠意のなさを印象づけてしまっていた。そのような日航の姿勢を目の当たりにし、法の公正な裁きのもとに原因の究明をし、責任の所在を明らかにしたい、そして、空の安全確立を望みたいと考えざるを得なかったように思う。

補償問題を解決していく過程は、遺族にとってつらい作業だった。その解決が、事故の決着とは決してならないから、なおさらつらかった。

1987年2月12日に発行された「おすたか」には、こんな文面ものせた。

《早いもので2歳になったばかりだった一人息子も、この4月から父の通った幼稚園にあがることになり、中学・高校ぐらいまで同じ制服を着て通うのかと思うと胸が熱くなります。無念にも短い人生を終わらされた父のことを、どんなふうに感じ、うけとめるだろうかと恐ろしい気もしますが、半面、この子は明るく強くどんな人生を展開するだろうかと楽しみでもあります。

当初は亡くなった主人のことを忘れている時など全くありませんでしたし、一周忌の後の1ヶ月程の新たな虚しさに気力を失っていましたが、ようやくたちなおり、私も自宅で子供たちに勉強を教える教室をはじめ、息子を一人にさせることもなくなんとか楽しみも覚えはじめ、活気がでてきたような今日この頃です。家族のみんなを失い、一人ぼっちになられた方は、さぞやおさみしいことと思います。でも、後ろばかりふりむいていては、それこそ自分の人生を死なせることになるのではないでしょうか。

示談交渉についてもいろんな意見があるでしょうが、私は日航の世話役に談判するのは無益どころかマイナスでさえあると感じたので、弁護士にお任せしました。所詮、命はお金には代えられないもの。どれだけのことをしてくれたら納得するのか。おそらく何をしてもらっても気はすまないでしょう。後は日航の誠意・良心に免じてがまんするしかないけれど、日航にはそんなもの期待できないとなれば、非常になさけないことかもしれませんが、どうにもならないことはもううっちゃって、これからの残された者の人生を明るく生きていくしかないと私は考えたのです》

補償の提示がはじまると、日航は企業の顔をして対応してきた。それが、事故後の苦しみに追い討ちをかけた。遺族は、「お金のことではない。人の命の尊さを、最愛のものを亡くしたこの苦しみをわかってほしい」と叫びたかった。

最愛の人が欠けたために、家庭内などで亀裂がますます大きくなり、補償金をめぐって、保険金をめぐって、お墓をめぐって、遺骨をめぐって、身内のトラブルがおきた。

かばい合えるはずの者同士が傷つけあってしまい、心安まることがない。夫が亡くなり、嫁と姑の関係で悩んでいる人も多かった。夫婦でも、子を亡くすと、考え方が違うこともあった。私たちは、家族のありようを考えた。集会や手紙、電話では、こうした気持ちを互いに打ち明けた。遺族同士が手をとりあっていきたい、と強く思う日々だった。

補償交渉は、一人ひとりやり方が違った。8・12連絡会の集会に弁護士が来て、さまざまな選択肢を説明してくれた。弁護士に依頼せず世話役を窓口として個別にする人、「8・12賠償交渉団」や「正当な賠償を求める会」に入って弁護士に依頼する人、個別に弁護士に頼む人……。8・12連絡会の集会では、情報交換も行われた。

それぞれ納得の仕方は違うし、選択もさまざまだが、亡き人のために精一杯してあげたいという気持ちは同じだ。遺族が、横の連絡を密にし、より自分の考えに合った方向で進むことを、会としても希望した。納得したうえで示談を成立させ、前に進んでいくために、苦しくてつらい交渉過程について情報交換した。それぞれやり方は違っても、全体として、納得できる正当な補償を得られるように、会としても情報を流した。

世話役は、補償交渉に関しても文書を持ってくるだけで、交渉の権限がない。これも変な話だ。彼らも苦しい立場にあった。そのため、「520人全員の補償金には予算がある。だから、早く示談しないと予算がなくなりますよ」とか、「世話役の立場もあるから早く成立させてほしい」などと遺族に言ってしまう。母子家庭に対して、「お子さんの就職の世話をする」と言うこともあった。集会でそんな話が出て、怒りをこえてあきれるやら情けないやらだった。

それでも、日航からの連絡は、全て世話役からだった。彼らは重要な役割を担っていた。遺族が集まったとき、こんな発言があった。「私の主人も会社員だった。会社が事故を起こして、遺族に頭を下げる世話役の姿を夫に重ねると、何も言えない。世話役のような仕事を、亡き夫にはさせたくない」と。居合わせた人は、その言葉に頷いた。遺族も世話役の仕事が、辛く気の毒であることをわかっていた。しかし、その気持ちは、このような遺族同士の集会の場所だからこそ言えることだった。

補償とは、金額の多寡や利欲が問題なのではなく、亡き人々の命の重さを問うはずのものなのに、その内容は、差別社会の実態を知らしめるものが多かった。男女の差がひどく、15歳の子の逸失利益は、なんと女の子が男の子の半分だった。男女雇用機会均等法が成立したばかりなのに。連絡会としては、こうした状況を会報「おすたか」で伝えた。

大企業、小企業に勤める人の金額の差、高齢者や、主婦労働への低評価……人間の夢、希望、可能性を無視した換算方式だった。「お金で償うことなんて絶対に出来ない」という叫びが聞こえてきた。

企業による慰霊

ここで、慰霊についての日航の対応をまとめてみる。

１９８５年８月と11月に大型ヘリにより現場弔問フライトを実施。同年８月、遺族の遺品確認のため前橋―東京間のバスを運行。９月、社長が遺族宅弔問開始。10月、大阪地区合同慰霊祭、東京地区合同慰霊祭。10月、身元不明遺体合同火葬。12月、身元確認終了。

１９８６年２月、財団法人「慰霊の園」設立。この施設は、１９７１年に起きた全日空機雫石衝突事故の後に全日空が造った慰霊施設を参考に、事故の翌年に上野村に造られた。建設への着手は、上野村の黒澤村長が精力的に動いてくれ、とても迅速に行なわれた。「慰霊の園」を設立するにあたって、日航は上野村に対して「縁の下の力持ちになる」と伝えた。日航とボーイング社は、財団設立を運用するための基金を出した。施設は、この基金の運用益を主たる収入源として運営されている。また、日航は慰霊行事に対して補充の基金を出している。

慰霊の園は、「交通安全を祈る」場所ともなっている。大事故ゆえにこうしたりっぱな施設が造られたことを感謝したい。全国から霊を慰めるための善意もいただいている。

上野村村長が園の理事長となり、村民、日航、遺族も理事監事として参加している。毎年８月12日の慰霊行事は、上野村の皆さんの手で執り行われている。こうした慰霊行事が、大きな遺族支援となった。この施設は、設立から現在まで、遺族支援の中心的役割を果たしている。

1986年、日航は慰霊登山への支援を開始。御巣鷹の尾根には昇魂の碑が建てられた。また、日航がいち早く取り入れた、遺族の子供たちに対する「航空育英会制度」は、遺族からの評価が高かった。『子供たちが学校に通い続けられたのはありがたかった』などとこの制度により、不安が少し和らいだ。このように、大企業だからこそ出来る手厚い内容も多くあった。

事故直後から5年間にわたる手元の記録をみると、日航は会社として、遺族に対し、懸命に誠意のある対応をしようとしている。にもかかわらず、相互の信頼関係を構築するのは困難だった。組織という大きな相手に対して、遺族はやり場のないむなしさを感じていた。世話役も追い詰められていた。補償交渉においても、遺族との溝をますます深めた。

そっとしておいて

遺族は、事故からしばらく、周囲の人たちが何気なくかけてくる言葉にもピリピリしていた。「遺族のひがみかもしれないけど、補償終わったの？　と聞かれると、興味本位に聞こえてしまう。補償のことは、そっとしておいてほしい」

この言葉にあらわれているように、事故後、遺族がつらかったと思うことで最初にあげられるのが、遺体確認をしたことと、補償問題について話題にされることだった。

「相手が大きな会社でよかったたね、と言われた」ことがつらかったという人もいた。巨大企業だからこそ何も感じてくれない、何も伝わってこない。そう思う遺族も多かった。

黙ってさりげなく見守ってくれる人々への感謝の気持ちがあふれた。寡黙なその人たちの存在が、苦しい遺族を支えてくれた。「補償交渉よりも故人をしのびたい。夢でも会いたい。しかし、夢にさえでてきてくれないの」と話した。

私は、「健は今どこにいるの？」と思う日々が続いていた。

事故から1年半が経ったときの会報から、補償問題についての言葉を記す。

《お金より命を返して下さい、の一言に尽きます。しかし、これは、いくら叫んでも帰って来るものでもなく、それよりも今、私自身がしなければならないのは何かと考えた時、2人の子どもを成人させること。そのためには補償問題を解決させ、それをもとに、これからの生活設計をしっかり立て、子供たちに不安感を抱かすことなく一歩一歩前に進まなくては……》

《何の解決も何の進展もなくもう今年は三回忌。彼の命の計算なんて、いくらでもおかねは払います。だから彼を返して下さい。そんな言葉がつい出てしまいます。でも子どものためにも、しっかりと現実を見て行こうと思います》

補償交渉は、事故後4ヶ月目の2人から始まって、事故から3年目には全体の65パーセント、事故から6年目には98パーセントが補償交渉を終えた。そして、10年後の1995年に最後の人が成立した。また、ボーイング社を提訴した遺族たちは、和解まで団結して行動していた。

「償い」は、お金でも刑罰でもない。

悲しみは表に出すほど浅くない。心に深くある。かけがえのない愛する人への追慕のなか、不安な日々の生活が始まるのだ。遺族にとって、戦いの日は長く続く。

第5章　人々の絆

藤岡の人たち

話を事故当初に戻す。

事故の一報を聞き、私たち家族はバスの中で一夜を明かした。ほぼ無言の私たちを乗せたバスは、12日の夜に羽田を出たあと、長野県小海町を経由して13日の昼過ぎに群馬県藤岡市に着いた。そして、家族たちは、遺体が確認される日まで藤岡市にいた。この静かな市に、突然多くの人々がおしよせた。人々は、あらゆる行事をとりやめ、この事故に関わるさまざまな支援にのりだしていた。不眠不休だった。藤岡市民体育館には、8月14日から10月5日までの53日間にわたり遺体が安置された。

胃が食べ物をいっさいうけつけなくなっていた私たち家族は、遺体の確認という尋常ではない作業を、フラフラとした足どりで気力をふりしぼってした。

藤岡の婦人会の人たちは、暑い体育館にいる家族にせめて涼しい環境で待機してもらおうと、農協や公民館の扇風機を集めた。また、冷たいおしぼりや飲み物を用意して、具合のわるい家族に声をかけていた。事故直後の混乱の中、知らない土地での不安、気が狂いそうなほどの胸の内、でも、それを誰かに伝えるほどの気力もない私たち家族は、利害関係のない見ず知らずの人々のやさしさにふれ合えた。この人たちが、家族を支援する役割を担っていた。

後に遺族から「ボランティアの人々の献身的な姿を決して忘れることがない。お礼に伺いたい」という多くの声が事務局に寄せられた。

事故から1年1ヶ月経った1986年の9月25日、8・12連絡会で、藤岡市のボランティアグループを訪ね、文集『茜雲』を渡した。

再会の時には、藤岡のボランティアの人たちは、遺族たちの手を握りしめ、無言で涙を流した。そのときいただいた手紙には、「どうか強く生きてください。亡くなった人の分まで…」というメッセージが記されていた。

会では、その後も年に5～6回は藤岡を訪れ、交流は深まっていった。

そして、1989年、藤岡のボランティアたちと、高崎アコーディオンサークル、8・12連絡会の三つの組織で、「ふじおか、おすたか、ふれあいの会」を発足させた。事故当時に婦人会の会長をしていた山田のぶ江さんが初代会長となった。

1993年には、藤岡市の市民ホールにおいてコンサートを開催。これは、遺族を励ましたいということで企画された。舞台で、遺族も一緒に歌った。翌94年には、事故を残していくために企画された資料展が開催された。事故からの遺族たちの歩みや、藤岡での様子をパネルにした。連絡会の山のような資料も年表にし、まとめた。95年には、永六輔さんを招いての講演会を開催した。

1996年からは毎年、「ふじおか、おすたか、ふれあいの会」として、上野村の河原で灯籠流しをしている。私は毎年、灯籠流しの準備と打ち合わせに8・12連絡会の人と藤岡を訪れている。

「事故を語り継ぐ」というのは、こうした市民の組織があってできることなのだと、改めて感じている。遺族たちは、どんなにか励まされたことだろう。

藤岡市は、婦人会の組織がしっかりとしている。一人ひとりが、自分が助けられる立場だったらどう感じるかというボランティアの原点を理解し、善意が一方的でなくおしつけでもない。あの苛酷な事故当時を知ってくださる藤岡の人々と、私たち遺族との友情は、今もこんな形で続いている。

２００９年6月27日、事故から24年目、藤岡青年会議所は、この事故を風化させず、命の大切さを伝えていくためにフォーラムを開催した。

「平和な日本、物あふれる中で、児童虐待、少年犯罪などが増加している。事故から24年経ったが、命はリセットできないということを子供たちに伝えたい」と、このフォーラムを企画した藤岡青年会議所理事長の神田和生さんが語ってくれた。

私は、このフォーラムで講演した。涙も出ないほど苦しく、今にもくずおれそうな遺族たちを支えて下さった藤岡での日々を決して忘れない。その後、藤岡を訪れ、多くの市民との交流をする中で、わがことのように事故を思い、「今でもヘリコプターの音を聞くと、遺体を運んだ当時の事をおもい、耳を塞ぎます」と、声をつまらせてくれるそのやさしさに、感謝の気持でいっぱいになる。

事故直後を知って下さる方々の励ましは、悲しみのトンネルを抜けるための大きな支えとなった。藤岡でのコンサート、資料展、講演会、灯籠流し……事故を一緒に語り継ぐどの活動も遺族に寄り添い、あの日の悲しみを共有する心が溢れている。「今、こうして生きています。これからも頑張ります」と伝えた。

高崎アコーディオンサークル

突然の運命を納得していくためには、本当にいろいろな人々の支えがあった。一緒に山に登り、演奏してくれる「高崎アコーディオンサークル」の人たちの鎮魂の曲に、どれほど力づけられただろう。御巣鷹山の墓標の前で慰霊の音楽を流し続けてくれている。

アコーディオンサークルの人たちは、１９８７年から、毎年8月12日に御巣鷹の尾根に登り、演奏してくれている。遺族は、重いアコーディオンを抱えて登る人々の後姿に、どんなに生きる力を貰ったことだろうか。

１９８７年から92年までの5年間は、御巣鷹の尾根で、８・１２連絡会の夜の追悼行事をした。御巣鷹の尾根の昇魂の碑の前で、墜落時刻の6時56分に１００人近い遺族たちが、ペンライトを振りながら、亡くなった肉親の名前を空に向かって必死に呼ぶ。アコーディオンの郷愁を帯びた音色が満天の星空の下で流れた。

「ひろしー」、「じゅんこー」、「かえってこーい」……涙の中で、叫ぶ声がだんだん大きくなる。

御巣鷹の夜空は満天の星。輝くその星から、私たち家族の元に戻ってきてほしい。「ここだよ」とすすり泣きながら、遺族は、ペンライトを星空に向かって振る。『上を向いて歩こう』や、『見上げてごらん夜の星を』、そして、亡き人々の好きだった曲が流れる。『津軽海峡冬景色』、『昴』、『すみれの花咲く頃』……。遺族からのリクエスト曲はどんどん増えていった。健の大好きな

『ドラえもんのうた』もある。

遺族は、そのメロディーを口ずさむ。アコーディオンの音色が、御巣鷹の尾根を包む。演奏する人々のやさしさを胸いっぱいに受けて、亡き人と同化する。遺族の気持ちが癒えていく時であったと思う。

8月12日が大雨の日もあった。ぬかるみ、すべる急な山道を、重いアコーディオンを持って御巣鷹の尾根までかついで歩く。それでも、高崎アコーディオンサークルの人々の顔にはいつも笑顔があった。大惨事を決して風化させてはならない、520人の死を無駄にさせないという思いを感じた。

この行事の先頭に立っているのは、大河原照男さんだ。

『茜雲』第一集の文集の最後に、「もう二度と事故を起こさせないためにこの文集を作った。そして、読んだ人たちや多くの市民と一緒に安全を求めたい。この文集が、その橋渡しとなってほしい」と結んであった言葉を読んで、大河原さんは、いてもたってもいられず私の家に来た。「遺族を励ましたい。それには何がいいだろう」と考え続け、音楽だと思った。協力してくれるところを訪ね歩き、引き受けてくれたのが、高崎アコーディオンサークルだった。大河原さん自身、この時は、アコーディオンは弾けなかったという。

その高崎アコーディオンサークルの人たちとは、尾瀬にも一緒に何度か行った。「事故後は旅をしていない」という遺族たちを誘ってくれた。尾瀬旅行は、関東、関西の遺族の交流の場にもなった。泊りがけで行ったことも幾度かあった。

アコーディオンの中で笑い歌った。笑うのはいけないことのように思っていた遺族が、歌い、笑った。そして、尾瀬の木道を一緒に歩き、山に登った。その思い出は、尾瀬の水芭蕉の美しさとともに、遺族を今も包む宝物だ。

節目には、いつも群馬の地を踏んでいた。知らず知らずのうちに、いろいろな方とのネットワークも膨らんだ。「空の安全に時効はない」という思いのもと、今後も共に語り継いでいきたいと思う。

灯籠流し

前述したように、「ふじおか、おすたか、ふれあいの会」が、8月11日に上野村の役場前の河原で「灯籠流し」を始めて15年になる。

「お父さん明日は、山に登ります」、「今まで見守ってくれてありがとう」などとメッセージの書かれた灯籠が、水面を照らしながら流れていく。河原には、あふれるように人が集う。

墜落時刻に灯籠の火が、闇の中でやさしく揺れる。高崎アコーディオンサークルやオカリナ倶楽部の皆さんが奏でる坂本九さんの曲『見上げてごらん夜の星を』に合わせ、参加者たちは、しゃぼん玉を飛ばし、ペンライトを夜空に向かって振る。

「漬物持ってきたよ」。「これはおやき、今日作ったよ」。梅干のビンもある。

藤岡市婦人会の坂上シゲ代会長たちから手渡される心のこもった郷土食。河原で遺族たちとつまんでみる。上野村の灯籠流しの会場の河原では、なおさらおいしく感じる。

坂上さんのきゅうりの漬物は本当においしい。「これこれ、このきゅうりの味」と思い、私はメモをとる。家で何度か挑戦したが、微妙な味がどこか違う。

25年前の藤岡でのこと。事故機に乗っていた家族のことを思い、心が締め付けられ、何も食べ物を受け付けない。そんな私たちを気遣い、飲み物や、おしぼりをそっと渡してくれたこの藤岡の人たち。同じ手のそのぬくもりが、この漬物を作る。そして、この灯籠流しを続けてくれる。多くの人に支えられながら、毎年灯籠を流してきた。

遺族にとっても、この河原は、毎年の再会の場だ。事故直後まだ幼かった子が、もうお父さんやお母さんになった。御巣鷹山に登る初老の女性たちを、この子たちがサポートしてくれる。

灯籠に書くメッセージに、「孫ができました。お父さんにみせたかった」の文字がある。遺族の高齢化も進む。昨年は一緒に河原で灯籠を流せたのに、今年は河原に降りられず、遠くの橋の上から眺める方もいた。登山道が短縮され、ほっとする遺族も多い。8月11日、12日には必ず声をかけ合い、再会を喜び合い、互いに元気をもらっていた遺族たちだが、高齢化で年々、寂しくなっている。

企業の顔ではない日航

事故後10年目ぐらいから、灯籠流しなどの8・12連絡会行事に、日航の登山支援班の人を中心とした日航の協力が始まった。

川に流れていく灯籠は、人々のやさしさ、犠牲者の命の尊さを後世に繋いでくれる。520の御霊が、導いてくれるのだろうか。

日航の女性社員が川に入って、灯籠が流れやすいように道筋を作り、川下では、日航の男性社員が、真っ暗な川面から灯籠を回収する。これらの行事を通して安全を求める気持ちは、被害者も加害者も同じだ。

失われた命は戻ってこない。しかし、命を何かに活かすことはできる。川面に流れていく灯籠の火は、人々のそんな願いをいっそう明るく照らしていた。

２００７年の灯籠流しでのこと。小さなお子さんの手をひいた若いお母さんが、みんなの輪から外れたところにいた。

私は、灯籠を渡して、「遺族ですか？」と聞いてみると「主人が日航の社員です。どうしても参加したくて、子供に５２０人の命のことを伝えたくて、昨年から来ています」と、小さな声で答える。私は、嬉しくて、「一緒に流しましょう」と誘った。

心に残っている世話役がいる。

私は、遺品を見に行くのが怖かった。遺品の公開展示場は羽田にあり、そこを離発着している飛行機が怖いからだ。この気持ちは、その後何年も私の心にあって、悩ませられた。

事故から2年後の公開の日、どうしても探そうとがんばって遺品を見に行った時のこと。「遺品を見るためには、飛行機も見なくてはいけない。今日は、がんばってきました」と、寺田正孝さんという世話役に言葉をかけた。

寺田さんは、「健ちゃん、ごめんなさい」と言った。大粒の涙をながしている。私は、この時の、「健ちゃん、ごめんなさい」という言葉がとても嬉しかった。私にではなく、健にかけられた言葉。

事故から1年後の１９８6年8月、遺族は台風のため慰霊登山を断念した。世話役の寺田さんは、登山の断念を頼むため、雨の降りしきる登山道の入り口で遺族に土下座をした。

彼は、休日に自分が担当する犠牲者の墓参りをそっとする人柄だ。多くの遺族から信頼をよせられていた。今は亡き寺田さんの涙は、いつまでもうれしい。


事故から1～3年目にかけて、夫と私は、よく御巣鷹の尾根に登った。そして、何度か山小屋に泊まり、日航の山男たちと寝袋に包まり、ランプのもとで語り合った。「空の安全」の話をした。唯一、事故のことを日航の人と語れる場所だった。企業の顔ではない日航との出会いがはじまった。


その頃、日航の国際貨物部長の岡崎彬さんが中心になり、登山支援班の社員が、御巣鷹の尾根の墜落現場に山小屋を作っていた。そこで彼らは、山から水を引き、食事をつくり、寝袋で寝る。

登山支援班の活動は、事故翌年の山開きを前に始まった。支援班は春から秋にかけて週末を尾根で過ごし、村人たちの助けを借りて山仕事を覚えた。今では登山口から尾根まで30分ぐらいで行くが、当時は、沢づたいに2時間。傾斜もきつく、足腰の強い人しか登れなかった。そこで、国際貨物部長の職を離れ、事故直後から現場に入った岡崎さんは、山の好きな社員に声をかけた。社内の山行会に所属する社員を中心に集まった数十人がツルハシやナタを手に登山道作りをした。社内から「あいつら山で何やってんだ」と批判する声も上がっていたが、岡崎さんは、「会社よりも遺族の方が理解してくれている」という思いでいた。

山小屋は、真夏の慰霊期間や連休のときなどに開いており、支援班は、登山する遺族の支援や、登山道や墓標の整備等を担当している。この活動は、現在も続いている。

事故から3年の時、息子を亡くした足の不自由な年配の関西から来た遺族は、山に登る前、日航の登山支援班の職員に「一緒に登らんでもいい、日航の世話にはならん」と怒りをあらわにした。支援班の社員は、少し距離を置いて遺族を見守るように山道を登る。その遺族は、無事墓標にたどり着き、亡き息子との会話を終えた。

大阪から御巣鷹に来るのは、経済的にも体力的にも大きな負担となる。でも、その父は息子に会いに来たかったのだ。「山小屋に寄ってください」と、日航の山男にもう一度声をかけられ、墓標のお参りが済みほっとしたのか、この誘いにうなずき山小屋に寄った。暗い山小屋の小さなランプの下で手作りの豚汁を飲んだ。「おいしい、ありがとう」、初老の遺族に涙があった。

大事故を起こした会社と肉親を亡くした遺族との心の出会いが、御巣鷹の山道で、日航の手作りの山小屋で始まっていた。

私は、山小屋に泊まった日のことを今でも思い出す。日航が、ビルの中で考えるのとはまったく違う遺族支援があった。

事故から3年目の頃は、賠償問題をどんどん進めたいと考える日航と遺族が、もっとも硬直した関係にあった。遺族は、最愛の人の命をお金に換えることへの心が震えるような嫌悪感から逃れたかった。その苦しみに蓋をし、御巣鷹の尾根に登った。御巣鷹山に登り、亡き人と会話をすることで、深い心の傷をすこしずつ癒していく遺族も多くいた。

山では、日航の登山支援班の社員と遺族が声を交わした。山が、両者の心を結ぶ唯一の場所になり、事故を起こした会社と遺族との関係は、劇的に近づくことになった。この山にいる日航の男たちは、「山を守ろう、亡くなった人たちの場所を守ろう、賠償とは関係なく」と言っているような気がした。

遺族もまた、相手を責め続けることのむなしさを知っている。だからこそ、相反する立場の者が話し合う場を持つことで、この事故が消されることなく関係者の人々の心に刻まれることを願っている。御巣鷹山の自然の中で、５２０の御霊が、静かにこの関係を見守っていた。

事故から3年目、新緑の中、朝もやのかかる4時15分。私は、スゲノ沢近くの山小屋の寝袋を抜けだして、御巣鷹の尾根に向かった。うす暗い山道を鳥のさえずりを聞きながら、健の墓標に向かって駆けのぼると、朝もやの中にゆっくり朝日が昇ってきた。小さな感動が私を包んだ。

それまで幾度となく御巣鷹に登ってきたが、見てきたのは、夕日のなかの茜雲と満天の星空だった。この日、御巣鷹の尾根に昇る朝日は、新しい明日を力強く運んできてくれた。

前の晩は、墜落現場近くの山小屋に夫とともに泊まり、山小屋の裸電球の下、山道で摘んだ山菜を食べた。廃材で作った机の向こうで、日航の山行会の篠原清子さんがこんなことを話した。

「５２０人の方々の眠る山が恐ろしくて、初めは山小屋で眠れない日が続きました。今では、夜中に大雨が降り、真っ暗な中で小屋が揺れても怖くありません。５２０人の方々に少しでも近づいていられればと思って……」

私は、眼をまっ赤にして話す彼女をみて、涙があふれた。こうした話を、山でなく地上で、会社のトップの口から聞きたいと思った。

山に眠る５２０人は、遺族、日航の社員、上野村の人々、そしてこの山を訪ねる多くの人々のことを見つめ続けてきた。この山を原点として、人々の心も少しずつ変化してきたように思う。山に登ることで、心の中の整理ができるなどという話をよくする。

春をまちかね、遺族は「今年は何回行かれるだろうか」と話し合い、「足を鍛えなければお父さんに会えなくなってしまうから」とランニングを始めたりする。また、冬を迎える頃、成人した息子を亡くした母は、息子が4歳の時に身につけたセーターを墓標に着せるために山に登っていく。一家全員を亡くされた老夫婦は、毎年、御巣鷹山をお掃除するために登ってくる。

足の不自由なお年寄りは、「もう2度と登れまい」とふもとで涙する。遺族の中には、足腰の弱い方や遠隔地にいる方、身体の不自由な方もいるが、日ごろから足腰を鍛え、そうした悪条件を乗りこえても登る遺族が多い。

事故から5年目の3月3日。日航の登山支援班の社員たちは、関西に住む、22歳の娘を亡くした母から託された桃の花を墓標に供えた。その年は特に雪が深く、かんじきを履いても進めない。雪に足をとられながら、支援班の大島文雄さんらは、上野村の御巣鷹の尾根管理人・仲澤勝美さんの案内で尾根をめざした。墓標の前で男たちは、「あかりをつけましょ　ぼんぼりに……」のメロディーを口ずさんだ。

現在、私たち夫婦は、統合失調症などを抱えた精神障害者の自立や生活を支援するNPO法人の施設運営をしている。区から委託された公園の清掃を障害者たちと行い、こうした仕事を通じ、障害者の就労支援をしている。

私がこの施設を立ちあげるとき、日航社員で登山支援班にいた大島文雄さんに声をかけた。御巣鷹の尾根で、コツコツと故人の墓標を整備している大島さんに出会い、人柄を信じることができた。夫と私は、人と人をつなぐ透明な糸を、この御巣鷹山からもらえたのだ。

クラスメイト

事故から10年目、御巣鷹山に健の小学校のクラスメイト8人と先生が登った。毎年、命日には、先生と一緒に自宅に来てくれていたが、御巣鷹に登ったのは初めてだった。

事故当時小学3年生だった子供たちも、もう19歳。大学生になっていた。将来の夢をそれぞれが語ってくれた。背が高くなって、「えっ」と驚くほど大人っぽくなっている子もいれば、10年前のおもかげが残る子もいる。

健のおじぞうさまのある墓標の前に、小石にメッセージをペイントしたものを置いてくれた。8歳、9歳という年齢で級友を亡くした衝撃は大きかったはず。「友の死」というものを、どんなふうに受けとめてくれていたのだろう。担任の先生は、その時は新任で、ずっと涙を流されていた姿が今でも目にうかぶ。

私も小学校のとき、毎日遊んでいたクラスの子が病で亡くなった。柩にお花を入れてお別れをした日のことを大人になるまでずっと心の中にしまっていた。

「おばちゃんのことが心配だった」、「健のことはいつも心のすみっこにあるよ」、「この事故を風化させたくないな」。クラスメイトたちに言われて、すっかり皆のお母さんになっていた。

御巣鷹のふもとにある上野村

群馬の方々にとっても、突然に衝撃が刻みこまれたあの夏の日。特に、御巣鷹の尾根のふもとにある上野村の人々には、事故以来、言葉では言い尽くせないほどお世話になっている。村長をはじめ、村民の皆さんが、総力で、慰霊につとめてくれた。

１９８６年８月３日「慰霊の園」の理事長である黒澤丈夫村長（当時）の式辞にはこうあった。

「昨年12月、遺骨を迎えてから、どのように御霊を奉り、慰め、供養するべきかを思い巡らせ、その式典を挙行する準備を進めてきた。上野村の天地は、人も山も川もこの一年喪に服する心でひたすら皆様の御霊を奉り慰める道を考え、ここに慰霊の園を建設した。（中略）ここを大事故を起こさないための戒めの天地とし、伝えつづけ、村民の皆さんが、他人に尽くすという事の大切さを心得、受け継ぎ使命を果たしてくださると思っている」

黒澤さんは、元海軍少佐。開戦とともにゼロ戦に乗り、インドネシア、シンガポールなどを転戦。マニラ上空で、燃料タンクを切り離す際に酸素マスクが外れ、死にかけた経験もある。２００５年６月の村長退任の日に、私は、８・１２連絡会からの花束を持って上野村を訪れた。黒澤さんは、「安全問題への関心を、国民にさらに高めていきたい。そのためにも慰霊の園は、村や日航任せではいけない。国としての関与も必要。村として、霊を祭り、慰め、事故を戒め、ここから交通安全を発信したい」と話した。人口約１４００人、遺族は、この村の山、川、花々、そして何よりも村民に、どんなにか力づけられたことだろう。

事故から7年目、慰霊の園がある上野村の小学校の子供たち全員に、私が作った絵本『いつまでも　いっしょだよ』を贈った。その後、事故から20年経ったとき、事故当時上野小学校に通っていた方からこんなうれしいお手紙をいただく。

《拝啓

日々暑さきびしきおりから、先日はご丁寧にお手紙と詩集、茜雲、会報『おすたか』を送ってくださり、まことにありがとうございました。心より御礼申し上げます。

私は上野村出身の25歳で、教職について今年で4年目になる者です。事故当時、6歳でした。小さいなりに心痛め、あの忌まわしい記憶は私の中にも深い傷として残り、その後の生き方、考え方に少なからず影響を与えた衝撃的な事故でした。私は今年、上野村の隣の村に赴任になりました。上野村の出身として、教員として何ができるかと自分に問うた時に、子どもたちに事故のことを伝えていくことを考えました。

事故について取り上げるにあたり、正直に申しまして不安や戸惑いもありました。ご遺族のお気持ちを察すると、取り上げるべきなのかどうか迷った部分もありました。

そんな時に美谷島さんからお手紙をいただき大変嬉しく、背中を押していただいたように感じ、授業する勇気が持てました。授業を通して子どもたちは、健ちゃんを想うお母さんの気持ちを深いところまで感じ取ってくれました。ただ漠然と生きているだけの毎日を振り返り、これから長い人生を生きていくうえでの大切なことを、学び取ってくれたことと思います。「茜雲」、ページを繰るごとに涙があふれてきてなかなか読み進むことができませんでした。その中であるご遺族の「そろそろ20年前に背負った重い荷物を降ろせる時が来たのかもしれません」という言葉を目にしたとき、救われたような思いがいたしました。それはけっして忘れることではなく、一緒に生きていくことなんだと感じました。重い荷物を、私たちが少しでも一緒に担わせてもらえたらと考えました。

私ひとり、ほんとうに微力で何一つお力になることはできませんが（お力になる、なんて表現こそあつかましいのですが）そういう気持ちでいる人間がいること、どうか心の片隅に入れておいていただけたら幸いです。私たち、上野村の者は忘れません。健ちゃんのことはずっと忘れたことはありませんし、これからもけっして忘れません。お母さんの想いもずっと忘れません。私にとってできることは、これからの若い世代に伝えていくこと、それだけしかできないですが、それが唯一私にできる使命だと思っています。今年もまた、暑い夏がきますね。テレビやマスコミでは、20年ということで例年よりたくさん取り上げられているように感じます。周囲にとっては一つの区切りではあっても、ご遺族の方たちには一つの数字の重みは変わることはないのだと思います。

20年でも21年でも、私たち上野村の者の気持ちは変わりません。》

当時、上野村の大人たちは、この事故のために奔走する日々だった。子供たちは、それをつぶさに見た。「小さな目は見た」という文集もある。事故以来、上野村の人々は、いつも遺族を気づかい、520の御霊をなぐさめていくことを村の仕事と位置づけ、今に至っている。その中で育った子供たちが、この小学校の先生のように、「命の教育」をしていく。

「健ちゃん」は生きている……。私はうれしくて彼女の手紙をいつも側においている。

上野村は、教育がきめこまかく、行き届いている。毎年夏に10日間程度、中学3年生をニュージーランドに留学させたり、都会の子供たちを積極的に山村留学をさせるしくみを、いち早く作った。村の子供たちは、大自然の中でノビノビ育ち、人間としてのあたたかさにあふれている。そして、子供たちは、高校に行くために、村を出て自立していく。

上野村役場近くには、「津金味噌」という味噌をつくっている家がある。そこのおばあさんが急いで作ってくれた新聞紙の包みをあけると、かやぶき屋根の下に並んでいた干し柿と梅干がはいっている。

慰霊登山のために泊まった民宿では、早朝にとれた裏の畑の野菜をそえて、おにぎりをむすんでくれる。私は、上野村に行くとほっとする。

「お陰さまで」と伝えたい

20年目に出した『茜雲　総集編』の表紙の絵は、画家・久里洋二さんにお願いした。私は、久里さんを訪ね、こうお願いした。「20年前、遺族は、悲しみで1歩も歩めず、茜雲を見あげ、外から見えない傷を癒していくために寄り添いました。私たちは寄り添うための1本の木を育ててきました。多くの人に支えられながら、大きな木に育ちました。その木である8・12連絡会を絵にしてください。上野村をはじめ、支えて下さる皆様に、お陰さまでという気持ちを伝えたいのです」とお願いした。

でき上がったものは、20年がんばってきた遺族たちの新しい区切りとなるような、明るく美しい装丁となった。また、題字は、事故以来、あたたかく御霊と遺族を見守ってくださる上野村の黒澤丈夫前村長にお願いした。毛筆で書かれた文字に鎮魂の心が溢れていた。

２００9年11月。最後の慰霊登山から戻ると、個人的に「しんせき村」として契約している上野村から「味の便り」が届いた。生シイタケ、マイタケ茶、みそ、コンニャク、ジャム……こうした手作りの品々と一緒に、「上野村の森でつるを取って、世界にひとつのクリスマスリースをつくろう」というチラシも同封されていた。いつも前向きな村の若者たちの姿が浮かんでくる。

毎年、11月中旬から翌年の4月末まで、御巣鷹の尾根の登山道は、閉じられる。この25年間で、私の御巣鷹への登山回数は、１４６回となった。20年前、健の墓標の脇に植えた30センチのもみの木は、今、５メートルを超えた。

２００９年11月14日、そのもみの木にクリスマスの飾りつけをして、夫と雨の中、山を下る。途中、日航の登山支援班が、新人の社員を連れて「鎮魂の鈴」を片付け、雪に覆われて傷まないように墓標の整備をしている。

会社は存続の危機にあり、毎日毎日、再建に関する報道がなされている中だった。しかし、社員は黙々とこの慰霊の山にきて作業していた。毎年繰り返される御巣鷹の閉山風景。

私は、「ありがとう」とつぶやいた。

第6章　日航

客室乗務員の母たち

　事故から半年、8・12連絡会を立ち上げ、事務局となった私の家に、亡くなられた日航の客室乗務員のご家族5人が訪ねてきた。

「健ちゃん、ごめんなさい」と、女性たちは私に頭をさげた。「頭をあげてください」と、私は必死で答える。この事故で大切な娘さんを亡くしたご家族の訪問に、私はどうしたらいいか分からず、ただただ「同じ立場です。同じ遺族です。悲しみは同じです。あの大切な人たちの肉親です」と話すのがやっとだった。

　5人の客室乗務員の母たちは、どんな思いで私の家に来られたのか。そして、何を一番伝えたかったのか。今思うと、その計りしれない苦しみに心が凍る。

「8・12連絡会は遺族の集まりです。だから、一緒にやりましょう。二度とこんな悲しい事故を繰り返させないために」と伝えた。母たちは「ありがとうございます」と、また頭をさげた。

　乗員の家族は、何もかも後にまわされた。補償についてもそうだった。私の耳にそのことが伝わったのは、かなり経ってからのことだった。それでも、とにかく、客室乗務員のご家族が8・12連絡会に登録した。とてもうれしかった。同じ母親として、子を失った悲しみを共有したかった。

あるアシスタントパーサーの女性は、結婚が目前だったと、後になって知った。若い希望の燃える命が失われたのが仕事の場であったことが、なお一層の悲しみを与える。

私は、毎年、灯籠流しの会場でこのお母さんたちに会えるのを楽しみにしている。

残存機体と遺品

話をする機会こそあったものの、企業としての日航の態度は、どこかよそよそしかった。遺族に対する理解を深める場がなかった。なかでも、残骸や遺品の問題は最後まで残っていた。

私たちは、残骸や遺品を通して、マニュアルにはない新しい安全をつくっていきたいと考えていた。遺族として、「事故をこのまま封印させてはならない」という強固な意志を持ち、平行線でもいいから諦めないで話し合いをしていこうと思った。

「事故を忘れさせないこと」が、どんなときも遺族の根っこにあった。そのためにも、残骸や遺品は、捨ててはならないと考えていた。

しかし、遺族の中でもいろいろな意見があった。心の奥底に「忘れてほしくない」という思いがある一方で、「もう見たくない、つらい」という気持ちもあって揺れた。「自分の代の後、もし粗末に扱われるくらいなら、いま荼毘にふしたい」という考えもあった。一人ひとりの気持ちを大切にしていきたかったから、会では、長い月日をかけて、みんなで悩んだ。

遺族へのアンケートも何度もとった。その結果はいつも、「残骸や遺品を見ることより、事故を忘れられることのほうがつらい」が上回った。

そこで、事故1年目から、残骸や遺品は捨ててはならない、事故抑止のためになんとか役立たせられないか、という考えを会報「おすたか」に載せ、日航にも、残存機体と遺品の保存や展示を要望してきた。事故を伝えていくために、それらはかけがえのないものだと、日航には認知してほしかった。不起訴をきっかけに、この思いはさらに強くなった。

「残存機体の保存館を上野村に作ってほしい」という遺族もいた。遺族たちは、残骸や遺品のリストを手に、それらが保存されている千葉県佐倉市や成田に何度も足を運んだ。大阪からも遺族が来て、状況を確認した。

しかし、日航は、何度となく「事故の残骸や遺品は捨てたい」と言ってきた。「望まない遺族もいる」として、機体の公開も拒んでいた。遺品については、遺族の考えを聞かずに焼却は出来ないが、残骸は会社のものだから、なるべく早めに廃棄するという意向を示していたのだ。

保存には、広い場所の確保も必要だった。日航と8・12連絡会の双方が、遺族にアンケートをとることもあった。日航との話し合いは平行線で進まなかった。

しかし、そうは言いながらも、日航は、成田や佐倉に残骸や遺品を保管し続けた。今思うと、残骸の処分はいつでも出来た。私は最近、そのことを考える。「なぜ破棄しなかったのだろう?」と。それは、いい意味での「日本企業らしさ」だったのかもしれない。

外部からの視点

事故後6年目の1991年、8・12連絡会に残存機体保存部会ができた。以後、日航との話し合いは活発化する。

そして、ついに事故から10年目の1995年、日航は、事故原因となった圧力隔壁など、残存機体の一部を羽田の日本航空の施設にて展示し、整備士をはじめとした社員の安全教育の研修用に使うことにした。「何とか隔壁だけでも保存を」という遺族の要望に応えたのだ。

しかし、まだ「ほかの大部分の残骸は廃棄する方針」だという。連絡会は、隔壁が保存されたことで一安心はしたが、非公開でない展示、すなわち公開を求めて、毎年8月12日には要望書を出した。10年目を過ぎると事故の風化がどんどん進んだが、マスコミは、毎年、残骸機体の保存について記事にしてくれ、私たちは、くじけそうになる心に勇気を貰った。

2005年、日航では、管制指示違反や客室ドアモードの変更忘れなど、重大なミスが相次いで発生する。そのため、同年3月には、国土交通省から運航停止寸前に追い込まれるほどの重大な処分である事業改善命令が下された。

この命令を受け、8月には外部有職者による助言組織が立ち上がった。日本航空の安全問題を話し合う社外提言機関「安全アドバイザリーグループ」だ。ノンフィクション作家の柳田邦男座長のほか、メンバーには畑村洋太郎・東大名誉教授、芳賀繁・立教大教授、小松原明哲・早大教授、鎌田伸一・防衛大学校教授の5人がなった。

2005年11月12日、安全アドバイザリーグループのヒアリングに、8・12連絡会の5人(武田、河口、西井、小田、美谷島)で参加した。遺族たちは、まず、「日航には、二度と事故を起こしてほしくない」という思いを伝えた。これまで日航は、安全について論議をする場から遺族を蚊帳の外においてきたため、私たちは、安全対策の情報を会社と共有する場が確保されることを求めた。さらに、残存機体の保存・展示について、毎年、日航に要望書を出していることを伝え、その重要性を訴えるために、保存部会の武田Уさんを始め、関西集会に出た遺族や、東京の事務局のメンバーで走り回ってきたことを話した。

「失敗学」の権威である畑村洋太郎さんからは、こんな話があった。

２００4年3月、東京の六本木ヒルズの回転ドアに男の子が挟まれ、亡くなるという痛ましい事故があった。その事故に絡み、「事故の現物がなくなると、事故そのものを忘れてしまう。事故を起こした回転ドアとダミー人形を動態保存したことが、事故を生かし、命を生かしている。また、多分野の人が再発防止のための情報を共有することにも寄与している」と。そして、「記憶は消えていくので、次世代に伝えていくためには残存機体の保存が事故の抑止力になる」という。

同年12月26日、安全アドバイザリーグループは、安全態勢や組織のあり方について意見をまとめ、日航に対して提言書を提出した。その提言書では、事故品の保存の重要性を明確にしている。また、提言書は「経営層と現場との一体感が希薄で、大企業病が進行している」と日航の体質を分析し、①強い調査権限を持つ安全組織の強化　②自分や家族が乗客だったらという視点　③情報の共有化―など、組織と意識の改革を求めた。

この提言書を作成するにあたって、柳田邦男座長らは、短期間に精力的に動いた。日航の現場の社員へのヒアリングを何度も重ね、問題点を詰めた。また、私たち遺族の声にも耳を傾けてくれた。

日航はこの提言を受け、２００6年4月1日付けで「安全推進本部」を発足させ、経営の基盤である財務部門と同格にした。

そして、ついに、残存機体と遺品に関しても動きがあった。日航は事故を「忘れたい」から「忘れない」に方針を変化させたのだ。

事故から21年目の2006年4月24日、提言書を受け、羽田の旧整備地区に、日航の安全啓発センターができた。そこには、御巣鷹山墜落事故の残骸機体の一部や、潰れた座席が残されている。事故調査の経過や事故の原因、事故から得た教訓などもパネルに入って記されている。いままでのものも含めて全ての事故を後世に残すための場所が確保された。

残存機体の保存と公開を長期にわたって拒否し続けていた日航が、短期間のうちに、保存と公開に踏み切ったのだ。遺族たちの思いが、ようやく叶った。

安全啓発センターオープンの日、柳田邦男さん、畑村洋太郎さんに会った。私は、展示されている潰れた座席に、亡くなった健の笑顔を重ねながら、「残された者の悲しみの傷が癒えていくのに必要なことは、失われた命がこうして生かされることではないかと思います」と、感謝の言葉を2人に伝えた。

今、この安全啓発センターは、さまざまな分野の企業や技術者が訪れる場となっている。日航社内の各部署から吸い上げられた安全に対する提案の受け皿ともなっている。しかし、これができたから安全なのではない。安全は、たゆまぬ努力で作り上げられるものだ。安全啓発センターを形骸化させてはいけないと改めて思う。

他の会社を見てみると、ＪＲ東日本は、2002年11月に福島県白河市の研修センター内に事故の歴史展示館を開設した。そこでは、国内の主要な鉄道事故25件の概要を展示している。また、全日空には、1971年に起きた雫石事故を始めとした今までの事故の展示室がある。雫石の事故では、自衛隊機との衝突で162人が亡くなった。JR西日本は、2005年に起きた福知山線脱線事故から2年後の2007年に「鉄道安全考動館」を開設した。これに関しても、畑村洋太郎さんは「記憶の継承には事故の実物を展示する施設が絶対に必要。遺族が社会に発言を続けることも欠かせない。失敗を社会の財産として生かせなければ、惨事は必ず再発するだろう」という。

私は、安全アドバイザリーグループが作った提言書の冊子を、今も繰り返し読む。5人の委員が、それぞれ専門分野の研究や調査を発表し、それをもとに論議が尽くされ、「安全性を確保する企業風土」を創るための提言としてまとめられている。「ヒューマンエラー」のこと、「マニュアル主義の落とし穴」のこと、「安全文化は2・5人称の視点から生まれる」こと。さらに、「安全は乗客が作る」、「責任追及ではなく再発防止」、「事故品の保存」など、遺族たちが事故直後からずっと考えてきたこと、悩んできたこと、そして心から求めてきたことが書かれている。

遺品をめぐる思い

遺品についても残骸と一緒に保存を求めてきた。御巣鷹に残された事故の遺品は、事故直後から群馬県警の管轄のもと、東京と大阪で公開展示され、遺族の元に返されることになった。だが、持ち主が特定できず、返還されないままの遺品は2700点にものぼった。

8・12連絡会と日航との話し合いは、一周忌もすんでいない1986年5月、「遺品を焼却します」という文書が遺族に届いた日から始まる。日航は、遺品を焼いて供養したいと言い、遺族から焼却についての同意書を取りまとめ始めていた。遺族からは反対の声が相次ぎ、同年7月、「遺品の焼却差しとめ」「残存機体の保存」の文面を日航に出した。「だれのものか分からないなら、社会として大事にすべきだ」と訴えた。

連絡会では、遺品についても、遺族に何度もアンケートをとった。アンケートの結果をふまえ、事故から1年経っても遺族のもとに帰らなかった遺品を、そのまま眠らせることなく保存展示をしてほしいと訴えてきた。

日航との話し合いの結果、持ち主が確定されない遺品を焼却し、灰を慰霊施設に納めるつもりだった日航は、「しばらく保管する」という結論を出した。

１９８７年7月18日、大阪で遺品の公開がおこなわれた。病身で、展示会場まで足を運べない人もいた。見ているだけで、涙でぼやけてしまう遺品。つらい、見たくない、でも抱きしめたい。そんな複雑な心を外には出せず、会場に行けない人も多くいた。

遺品には、ディズニーランドのお土産がたくさんあった。楽しい夏休みを家族と過ごしたのだろうか。折れ曲がったメガネ、時計、搭乗券、哺乳瓶、絵日記……あの日、あの時までの日々がそのまま残されていた。

その日、遺族が泣きながら電話をかけてきた。遺品がみつかった直後、責任ある立場の日航の世話役が、その遺族に向かってこう言ったという。「奥さん、このようなもの（夫の愛用のメガネ）を大切にしておくのは奥さんの代だけですよ。孫の代になったら、どうせ見向きもしなくなるのです。だから、早く焼却して荼毘にふしたほうがよいですよ」と。その言葉を聞いて、彼女は立ち上がる気力がなくなったという。日航が、一日も早く事故を忘れようとしているように見えてつらかったと話す。

遺品のひとつひとつに亡くなった人の物語がある。亡き人と共有した家族の物語がある。遺品は、たった一つのかけがえのない命を、もう一度、見る人の心の中に蘇らせることが出来るのだ。私は遺品の公開で、どうしても捜したかったのは、健の野球帽だったが、見つからなかった。電話をかけてきた遺族の話を聞いて、いつかは大企業の心を変えたいと思った。

夕方6時半。あの魔の時刻に、「チ、チ、チ、……」アラームの音が20回鳴る。上坂昭子さんの亡くなった息子の腕時計は、事故から5年経っても動いていた。上坂さんは、このアラーム音が、亡き息子夫婦と孫の3人の声に聞こえてくるという。そして、息子が、「お父ちゃん、おかあちゃん、しっかり暮らせよ……」と励ましているように思う、と文集『茜雲』に書いている。

墜落時刻で止まった時計もたくさんある。それらは、「安全への願い」というメッセージに形を変え、ふたたび時を刻む。身元不明の遺品は、どなたのものか分からないからこそ意味がある。社会のものだと思う。

遺族も高齢化し、今のうちにかたちにして残したいという意見も多くなった。日航のトップが交代するたびに保管を要望してきた遺族に対し、日航は、「遺品にカビがはえた」とも言ってきた。その知らせをうけ、私たちは羽田の保管室まで調べに行ったが、カビではなかった。そこで、この先もカビがはえることなどないように、遺品を真空パックに入れて保管する作業にも立会った。

遺品について日航が方針を180度転換したきっかけは、残存機体の保存を決めたときのように、やはり、2005年3月、国土交通省から受けた事業改善命令だった。遺族と日航との橋渡しをしたのは、整備出身の役員の小林忍さんだった。

小林さんは、事故当時、ボーイング社に機体構造技術者として出向していた。私が初めて会ったのは、事業改善命令を受けた年。小林さんは、事業改善命令の具現化にむけて動き、安全アドバイザリーの事務局も兼ねていた。また、安全啓発センターの設立にむけても中心的な役割を果たし、設立に当たり何度も私たち遺族にアドバイスを求めてきた。

私は、この出会いをきっかけに、小林さんが会社をやめた最近、ずっと疑問に思っていたことについて質問してみた。第3章で記した、私たち遺族が最も疑問を抱いているしりもち事故の修理方法についても、小林さんは個人的見解として誠実に答えてくれた。

損傷を受けた後部圧力隔壁の全体を交換するか、損傷を受けた下部のみを交換するかについては、技術者でも意見が分かれる、どちらも一長一短がある、と小林さんは言う。そして、実際に行われた寸法不足が発生した場合の修理方法についても、特殊な方法ではなかったそうだ。だが、その修理がなぜ指示通りに行われなかったかが分からない、もう少し修理指示書が丁寧に書かれていたらよかったのかもしれない、と小林さんは語ってくれた。

技術者がどう見るかを正直に答えてもらうことは、遺族が求めていたことのひとつだった。それでも、こうして日航の元社員が遺族の質問に答えるのはとても大変なことだったと思う。

その小林さんが、「事故を知る社員は減り続ける。自分たちの世代で何とかしたい」と、遺品の保存についても動いてくれたのだ。40人以上の遺族に遺品の扱いについてアンケートをした。日航が話し合いに前向きになった。

話し合いは続き、2008年5月30日、日本航空から全遺族に対して謝罪文が届いた。
《安全啓発センターの果たす役割は非常に重要なものです。1986年5月23日から保管を依頼された約2700点のうち何点かを亡くなられた方々とご遺族の皆様の無念の思いを私達が心に刻むために、安全啓発センターに展示させていただきたい。また、遺品を巡っては、今まで、弊社の対応が誠に不適切で、遺族の皆様にご不快の念をお与えしたことにつきましてお詫びします》
謝罪文には、遺族の気持ちを思いやらず申し訳なかったとあり、空の安全に役立てたいので、展示を了承して欲しいとも書かれていた。
その後も展示の仕方を話し合った。その過程で、広島平和記念資料館にある遺品を見に行くことになった。私は、日航と見ることに意義があると思った。このような前向きな話し合いをしたのは、事故以来、初めてのことだった。

日航と平和記念資料館へ

2008年9月23日、広島に着いて日航の安全推進本部長（当時）の岸田清さんや、安全啓発センター長（当時）の金崎豊さん、そして遺族の小澤さん母子と合流し、まず、平和記念公園で献花をした。私は、1991年8月にも遺品を見る目的で、遺族の武田さんと平和記念資料館を訪ねていた。

日本は、核兵器の惨禍を受けた唯一の被爆国だ。高齢化した被爆者は、話したくもない、思い出したくもない体験を懸命に語りつづけている。「こんな思いをほかの誰にもさせたくない」と、核兵器を使うことの愚かさ、悲惨さを訴えている。

　この資料館は、１９５５年、終戦から10年たって開館した。資料館の広い窓から、平和公園の先の原爆ドームが見渡せる。資料館は10年前に行った時と展示の仕方が変わっていた。

　遺品を主に見る。まず時計。８時15分を指したままとまっている。朝、仕事についたばかりだろうか。熱線による被害、石段に座っていた人の影……。見るのも苦しいが、目をそらせない。

　広島市立の小学校の生徒たちの遺品が、目にとびこんできた。爆心に近いところで動員学徒として作業をしているとき被爆した。帽子、バンド、学生服……。みな別々の生徒のものだが、１人のもののように、１セットとして展示されていた。

　私の足は、中学生の靴の前で止まった。ガラスケースの中にある靴。靴の底にあいた穴。その靴を履いていた娘さんの父は、その穴の上に厚紙を敷いて履き続けたという。そこに書かれていた父からのメッセージを繰り返し読んだ。

　また、何よりもつらかったのは、３歳11ヶ月だった伸一ちゃんという男の子の三輪車だった。伸一ちゃんは、三輪車に乗ったまま被爆した。お父さんは、お墓に入れると伸一ちゃんがさびしがるだろうと思い、一緒に遊んでいて死んだ近所の女の子と伸一ちゃんの手をつなぎ合わせ、焼け焦げた三輪車とともに自宅の庭に葬った。そして、40年後にこの三輪車と小さな亡骸をとりだした。赤さびた三輪車は骨組を残し、あの日の恐ろしさを伝えている。私は、息子を１人でお墓に入れたくない父の切れるような悲しみと、三輪車に乗って遊ぶ伸一ちゃんの笑顔を重ねてみた。この限りなく悲しい三輪車の前で立ちすくみ、涙が止まらなかった。

　残された人たちは、亡くなった人との間にあった物語を紡いでいかなければ生きていけない。

どんなことであれ、残された人たちが生きていくための物語を奪っていいはずがない。戦争はその物語を奪っていった。亡き人を思い、その面影を心にしまう、そうした場所が必要だと思う。そこで自分の過去を整理しながら、自分の人生と、その人との物語を紡ぎなおしていくことができる。それが、二度と繰り返させないという思いにつながっていく。

資料館見学後、一緒に見学した日航の社員ともそんなことを話した。加害者、被害者という距離が縮まったように思った。

なるべく飛行機に乗りたくない私だが、帰りの機中の窓から見えた茜雲は、ブルーの空の中で、ひときわ美しかった。そして、一部の遺品は展示して残し、あとの遺品については、いずれ茶毘に付し、亡き人たちの元に返したいと思った。

柳田邦男さんは、「2・5人称の視点」で遺品をみようと穏やかに説いている。

自分が乗客だったらが1人称の視点、自分の家族が乗客だったらが2人称の視点、乗客のことを念頭に入れない専門家が、乾いた3人称の視点。そして、1人称2人称の視点を入れつつ、専門家として冷静に判断するのが、「2・5人称の視点」。

「2・5人称の視点で、墜落時刻で止まった時計やメガネをみる。自分の愛する家族のものだったらという立場に立って向き合い、かき消せない亡くなった人への思いと自分の愛する人や家族への深い愛や哀しみを重ね合わせる。そこで、プロとして冷静な判断をする」。それによって事故と向き合い、安全に向き合い、事故に学び、安全をマニュアルだけのものとせず、安全をこころに注ぎ込むことになり、遺品の持つ役割が明確になってくる。

私は、柳田さんの言われる「2・5人称の視点」は、安全にかかわるあらゆる場面で求め合いたい視点だと思った。安全啓発センターができ、そこでようやく、遺族にも「安全に参加できる場所」が提供された。展示された遺品が、なおいっそう愛しかった。

私は、地域で保護司をしている。立ち直っていく少年の後ろ姿に自分が励まされることも多い仕事だが、ここでも、過ちを犯した少年たちが立ち直っていくために、遺品が大きな力を発揮している。凶悪な犯罪や交通事故の被害者の家族が、亡くなった人の遺品を通して事故の再発防止を訴える、「生命のメッセージ展」というのがある。かけがえのない命をひと時も忘れることがない人がいることを忘れないで欲しいという思いから始まった。そこで、私は、保護観察を担当している少年たちに健の事故の話をする。母の子への思いを少しでも伝えたいと思う。

遺族である私にできること

2008年の夏、安全推進担当の岸田清副社長（当時）と一緒に御巣鷹山に登った。日航の登山支援班の社員たちとは何度も登っているが、役員と登るのは初めてだった。登山前に「事故直後からいままでご家族をこんなに苦しめてきた原因は、すべて日航にある。どんなことを言われてもいいから遺族と一緒に登りたい」と伝えられた。当日、その役員は、山道でいき交う遺族一人ひとりに声をかけていた。

わたしは、御巣鷹山から下山した後、「遺族である私にできること、遺族だからできること」があると思った。

2008年10月には、日航安全啓発センターで、初めて日航の社員に対して話をした。新人研修で客室乗務員45人にむけての講話だった。社員に話をしようと思ったのは、墜落時刻で止まった時計や壊れたメガネなどの展示された遺品を、ただ見るだけでなく、そこにある物語を知ってほしいと思ったからだ。健が飛行機に乗った日から遺体が発見される日までのこと、そして、健の遺品のことを中心に話した。

遺族が話すことで、安全啓発センターにおかれた事故の残骸や遺品や遺書が初めて生きたものになると思った。

新入社員を対象にしたこの研修会では「事故の日に生まれた」という若者もいた。事故を知識として知ってはいても実体験がない彼らには、残存機体や遺品を見て、改めて、自分たちは安全を担う側にいることを感じてもらいたかった。

社員の真剣なまなざしがあった。私の話が、社員の心の片隅に残り、どこかで、日々の安全に繋がることを願った。それが、私が健にしてあげられることのひとつだった。「刑罰じゃないところから始まる安全もある」と、やっと思えるようになった。

2008年12月には、日航安全啓発センターで、日航の社長以下18名の安全担当役員に話す機会を得た。「23年間、事故後処理に使った経費と時間のことを考えたら、安全投資のほうがいかに安いか」という話をした。そして、安全アドバイザリーグループの提言書を受けて、社内改革がどう進んでいるか進捗状況を聞いた。

このようなことは、事故後初めてのことだった。その後も、同センターで行われている社員研修に遺族として話をする機会が数回あった。

２００９年11月17日、遺族で日航安全啓発センターを訪ねた。日航に安全教育の研修内容を問うたところ、研修を見学する機会が設けられたためだった。業績の悪化による会社の危機が毎日のように報道され、再建計画の道筋が立たないときだった。20人ほどの整備現場の社員が、不安を抱えながらも、平静に研修を受けていた。安全に直結している現場で日々働いている社員は、研修で、センターにある遺品を見たり、新たに展示された８・12連絡会のアピール文（Ｐ37参照）や機関誌を読み、つぶれた座席を実際に目にする。

彼らはこんな感想を言った。

重整備をする社員は、「部品を交換する時に、この事故を思い浮かべます」。事故を知る年配の社員は、「事故後ずっと十字架を背負ってきました。この事故を伝えていきます」。また、入社２年目の若い社員は、「胸が苦しくなりました。仕事を覚えることでいっぱいでしたが、遺品のことを心に刻み仕事をしていきたいです」。大変な状況下でも、「安全を過信することなく遺族を裏切らないようにします」という言葉を聞き、涙があふれてきた。嬉しかった。社内でこうした意見交換が部署や年代を超えて行われていくことで、新しい日航が生まれて欲しいと思った。

安全啓発センターには、客室乗務員の冷静な遺書も置かれている。乗客が書いた遺書には、「スチュワーデスは冷静だ」とあった。

乗客が撮影した機内写真に映っていた客室乗務員の大野美紀子さんは、酸素マスクをして冷静に立っている。音声記録（ボイスレコーダー）の解析によると、チーフパーサーの波多野純さんは、懸命に乗客を落ちつかせようと努力していた。揺れる機内を巡っていたのだろう。迷走していた30分ほどの長い時間、きちんと職務を果たしていた。アシスタントパーサーの宮道令子さんも、乗客に不安を与えまいと冷静に行動していた。

「酸素が少ない、気分が悪い　機内よりがんばろうの声がする」という乗客の遺書もある。生存者の落合由美さんが証言するように、乗客も声を掛け合っていた姿が想像できる。

私にとっても、この安全啓発センターで社員に話をすることは、大きな区切りとなった。今では、事故当時からいる社員は全社員の一割を切ろうとしているが、彼らと一緒に事故を知らない社員に語り継いでいきたい。こうして、安全へのそれぞれの思いを話し合う場所が出来たことがうれしかった。

日航が行ったこと

123便事故を受けて、日本航空は機体・部品検査方法の見直し、機体の改修、安全に向けての組織の強化等さまざまな対策を実施した。以下、まとめてみる。

●機体・部品検査方法の見直し

①後部圧力隔壁の検査方法を従来の目視検査に加え、渦電流探傷装置を併用した検査方法に変更した。また、検査間隔も機齢に応じて短縮した。

②隔壁以外の機体検査についても見直しを行い、機齢の古い機体は必要により検査間隔を短縮した。

③部品検査・交換についても予想される不具合を飛行時間による項目と飛行回数による項目に分けてその検査間隔の見直しを行った。

④大規模な構造修理を行った部位については修理後も修理部分を重点的に一定期間繰り返し検

査する長期監視プログラムを設定した。

●機体改修

①万一隔壁が破壊した場合でも機内与圧空気が垂直尾翼内に侵入しないように垂直尾翼点検口にカバーを取り付けた。

②垂直尾翼内で油圧配管が破損した場合でも作動油が失われて4系統すべての油圧が使用不能にならないように、1系統の配管に自動遮断弁を追加した。

③新造機については隔壁の設計基準を見直し補強を行った。

④同じく新造機については胴体内部の油圧配管経路を見直し、隔壁が破損した場合でも少なくとも1系統の油圧システムが使えるようにした。

●組織の強化

①従来の組織縦断的な情報交換に加え、組織横断的な情報交換を行うための会議体を設定した。

②必要な中間検査が行えるように、ボーイング社に検査担当者を常駐させるようにした。

これらの対策を実施した結果、その後死亡事故が起きることはなかったが、2004年12月から2005年3月にかけて誤部品の使用、緊急脱出装置が自動的に作動しない状態のまま飛行する、管制の許可なく滑走路に進入するなどといった重大事故になりかねない安全上の不具合事象が連続して発生した。国土交通省から事業改善命令という大変厳しい処分を受けた。

指摘を受けたそれぞれの不具合事象については、個々に対策を実施してはいるが、それとは別に社外の有識者による安全アドバイザリーグループを設け、社内の安全態勢の再点検を依頼した。

個々の問題が起こってからの対症療法のみでは、顕在化していない危険を回避できない。また、将来起こる可能性のある危険を予知し、事前に防ぐこともできない。潜在的な危険を早期に発見する方策と、安全を最優先する気風を社内で育て、日常の運航を油断なく監視する基盤を再構築することが必要だという指摘が、アドバイザリーグループからあったと聞いた。

ヒューマンエラーへの対処

世界の航空機事故の約70％以上はヒューマンエラーに起因していることが明らかになっている。この事実を受け、国交省は２００５年６月、「公共交通に係るヒューマンエラー事故防止対策検討委員会」を設置した。

とは言っても、ヒューマンエラーを完全に防ぐのは不可能だ。ヒューマンエラーについては、ＡＮＡグループの安全教育センターに見学に行った時、わかりやすく記されていた。「ヒューマンエラーは誰にでも起こるもの、訓練しても、罰しても絶滅はできない。しかし、このエラーの連鎖は、エラーを報告するという日々の積み重ねで断ち切ることができる」と。

つまり、ヒューマンエラーを少なくする、拡大の防止を図るには、エラーを起こした当事者から積極的に報告してもらわなくてはいけない。そうすることで初めて、真の原因を究明し有効な対策を見出すことができるのだ。

２００７年２月、日航はエラーを起こした場合でも、故意、無謀な違反または手抜きなどの怠慢行為にあたらない限り、社内規程に定める「懲戒」の対象としない方針を決めた。

また、日航や全日空は、事故やインシデントの引き金となった事象を含む不具合情報や故障の情報をデータベース化して分析を行うことで潜在的な危険因子を発見し、危険の芽を摘み取る体制の構築に取り組んでいるという。不具合情報を迅速に入手する方策としては、故意や怠慢により発生した不具合を除き、関係した社員を処罰しないという「非懲戒方針」を明確にして、関係者が積極的に情報提供できる環境も整備している。

日航では、このような社内環境の整備に加え、社員の安全意識をより向上させるため、「確認会話」や「2・5人称の視点」といった、意識面での改革も行うこととなった。

情報を伝える側と受け取る側で考えている内容に差があると、伝えられるべき情報が欠落して不具合事象が発生する危険性がある。勘違いや思い込みによるヒューマンエラーを防止するために、「確認会話」は不可欠だ。

2009年に亡くなられた黒田勲さんは、安全に関わる人間の特性に焦点をあて、事故や災害の背後に潜在する広義の意味での「ヒューマンファクター」について追究した。「負のヒューマンファクター」を、いかに「プラスのヒューマンファクター」に転換出来るのかの対策を調査研究してこられた。連絡会では、黒田さんにも会報「おすたか」を送ってきた。

「人間は、これからもますます高度な科学技術を開発し機械をつくる。事故がおきないようにそれらを使い、管理し、運用するのも人間。人間にはミスがあり、そのミスを防いでいくのも人間」とは、黒田さんの言葉だ。これを聞いて、私は、人間の不完全さから犯してしまった過ちを互いに認め合うことが必要だと学んだ。そして、事故への怒りが少しずつしぼんでいくのを感じた。

事故の原因究明と日航の関係を話すと、私は、この事故の大きな原因は、日航がボーイング社の修理を妄信したことではないかと思っている。日航の内部には、「この事故はボーイングのせいで起きた」と考えている社員がいることをかなり後で知ったが、事故後も「メーカーを妄信しない」という反省が活かされているのか疑問だった。会社のトップは、内部の犯人探しや、ボーイングへ責任を押し付けることで、この事故を終わらせたいと思ってはいなかったか。会社として、メーカーを妄信せずに、運航輸送業者としての責任を真摯に謙虚に受け止めていたのだろうか。

特に整備の現場では、事故後5年目までは、暗い重苦しい状態が続いていたという。安全を守るうえで一番大切な、仕事への自信をなくした社員が多くいた。日航の整備士は高いレベルにあるといわれていたが、やる気がそがれていくことを止められない経営者の姿勢にこそ問題があると思った。

日航は、1983年、事故の2年前に、国際線の定期輸送実績で世界一になった。ちょうど123便の事故が起きた日に民営化が決定され、2年後に民営化された。会社が世界で実績を上げ、大企業へとなっているその頃に、どの遺族も、言葉を失うほど苦しい日々を送っていた。

遺族の立場から日航をみると、「事故の補償もしている、謝った。慰霊行事もしている。もうすぐ事故の処理は終わる」と考えている気がした。事故を封印し、語ろうとしない企業のトップの姿勢があった。

安全向上のために、私たち遺族は、必死で飛行機の書物を開き学んできた。しかし、日航は、そうした遺族に対して、「素人または、部外者」という態度で相手にしてくれなかった。ましてや、25年前は、CSR（企業の社会的責任）という言葉もない時代だ。いまのように、企業に強く社会的責任を要求する状況でもなかった。ただ、私たちは、企業は被害者にその後の安全対策の情報を包み隠さず流す社会的責任があると考えていた。意見を交換する場も必要だ。これも遺族支援の一環だと思う。

犠牲者の命がどのように活かされたのかを多くの市民に知らせて欲しい。そのことが、安全への意識を高めることになると思う。「安全を確立するには、コストがかかる、そして整備費がかかる」ということをもっと遺族や市民に話をしたほうが、企業の信頼は高まるのにと感じている。実際に、日航安全啓発センターという事故から学べる場ができると、企業の業種を越えて見学者が訪れているという。「安全文化」を高めるという大きな役割を果たすためにも、今後ますます情報を公開して、事故をいかして欲しい。命を預かる企業の倫理観を高め、技術の向上を進めていくための共有の財産として欲しい。

日航の経営危機

２０１０年が明けて早々の1月、日航が企業再生支援機構の会社更生法による適用となることが報じられた。経営の危機は何度となく言われていた。いくつもの組合を抱えて統率できるのかという不安もあった。しかし、このような事態になるとは思っていなかった。

整備の現場では、急激な人員削減で混乱は生じないのか。事故だけは起こして欲しくない、この思いは大きくなるばかりだ。政府は飛行機を飛ばしながら、会社の再建を図るというが、それを聞くとなおさら不安が高まった。私たちのような遺族は作らないようにと、国交省大臣あての要望書をすぐに作った。「安全」への思いだけをこめた。

報道を受け、遺族からのメールが増えた。それ以前から、「安全」は大丈夫か？という不安の声が遺族からよせられていた。

遺族からのメールには、「日航があってこそ、肉親の死は意味がある」というものの他にも、「何故こんなことに、あんなにいったのに」、「何かのつながりになればと思っていままで持っていた株も今日売った」というのもあった。

日航社員の顔が浮かぶ。毎年御巣鷹の山道を整備する人たち、灯籠流しを一緒にする人たち、日航安全啓発センターで共に「安全」を話す現場の人たち。あれから25年間、日航は大きな事故を起こしてはいない。

「安全」はマニュアルから生まれるだけではない。かけがえのない命へのおもいを、日々の現場で、弛《たゆ》まぬ努力の中で活かして欲しい。私たち遺族の声にも耳を傾けるようになってきていたのに。この安全への流れを止めてはいけない。事故だけは起こさずに再生をして欲しいと願う。

私は、日航の社員一人ひとりは優秀なのにどうしてバラバラなのかな、変化ということを取り込むことに慎重な社員が多いなと感じてきた。こうなった今、全てはこれから始まると思い、またとない結束の機会と捉え、安全文化を継承し、日航を選んでくれる乗客への感謝の心を忘れないで欲しい。

この事故が起きてから、私は、日々の生活を本当に豊かにするものは何か、安全とは何かを考えるようになった。

便利なもの、安いもの、すぐに手に入るものをもとめる消費者がいる。そして、利便性を売り物にして儲ける企業、新しく高度な技術をどんどん作りだす技術者がいる。そうして生まれた「モノ」は、人類の幸せを目的として作り出されたはずなのに、その「モノ」が後ろ向きに歩きだす時がある。それが、事故や環境汚染だ。

事故が起こり、不具合が生じても、すぐに対応できるような社会になっていない。環境破壊が起きても、被害者を守る法ができていない。だから、新しい「モノ」を作るときには、それが命を持っていることを忘れてはならないと思う。それが社会の中でどう使われ、どう終えていくのかを、見届けていくことが求められると思う。「モノづくり」のために一番必要なのは、そうしたことができる「人づくり」のように思う。

日航は「モノ」を作る企業ではないが、命をあずかる企業だ。安全という「モノ」を熟成していく仕事をしている。飛行機という高度な技術商品を扱う日航の誇りは、「安全」をつくることだと思う。今度こそは、「安全」であるモノを通して、「人づくり」をしてくれることを願う。日航に、本当に今、必要なのはたくさんのお金ではなく「人づくり」をする人たちだと思う。

第7章　報道

マスコミへのおびえ

事故から2ヶ月目におこなわれた藤岡市での合同荼毘の時、マイクが私にも突然差し出された。「亡くなったのはどなたですか？」、「今のお気持ちは？」、当たり前のように聞かれるそんな質問に、私の心は、黒い手に握り潰されたように凍った。健の姿が頭の中をぐるぐる回る。ただ、そっとしておいてほしかった。

一般市民は、マスコミの仕組みを知らないために、取材の嵐に突然まきこまれると自身を見失う。怖かった。事故直後に、私たちが報道に求めていたのは、「事故は、なぜ起きたの？」に対する答えだった。遺族の悲しみや処罰感情よりも、まずその「なぜ？」を報道して欲しいと思った。

私は、遺族会の事務局を引き受けたことにより、この25年間で700人以上の報道関係者に直接会って取材を受けたと思う。電話やメールでの取材は、その何倍にもなる。「事故を風化させないことが事故への抑止力になる」と考え、毎年、取材に応じてきた。報道の力の大きさに助けられ、この活動を続けられてきたと感謝している。だが、報道のされ方によっては、人と人との繋がりが断ち切られることもある。厄介な問題も起き、傷つけられもした。

遺族とマスコミが、「事故の被害者にとって、報道はどうあってほしいか」について、夜を徹して話し合うこともあった。

力になってくれるマスコミとして最初に出会ったのは、同じ街に住む新聞記者だった。事故から1ヶ月、前橋でのこと。遺品を確認していた時に声をかけられた。「私は、健ちゃんと同じ小学校です」と一言。健と私は、同じ小学校に学んだ。そして、その記者も同じ小学校の同窓生だという。新人新聞記者として、前橋に赴任してきたということだった。

情報のない私たちは、心強く思った。その後、彼は連絡会への誘いのビラまきも手伝ってくれた。当時、私は彼に、こんな手紙を渡した。

《事故発生後、現場の様子、生存者の有無……小海で藤岡でイライラしている私たちにとって、新聞、テレビが一番早い情報でした。自分自身の気持ちをささえているのがやっとでした。何をどう考えてよいかわからず、私達の周りのテレビカメラや報道の方に「私たちの気持ちにもなって!」と心で叫んでいました。

「どんなお子さんでしたか？　どんな事情で……」とマイクを向けられても、「何も言わないで、聞かないで」と心でにらみつけていました。東京の留守宅には「健ちゃんは生きているのよ、写真は渡さないで!」と電話で叫んでいました。子どもにあいたい、あいたい、そのことで心はボロボロになっていきました。

そして、私たちの祈りもむなしく、17日、子供の遺体が発見されました。それから、すこし気持ちがかわっていきました。この大きな事故にどれほど多くの方々のお力をいただいているのかが見えてきました。

立つのがやっとの山頂での自衛隊、機動隊、消防団の方々。遺体確認のために汗を流しながら必死になってくださっているお医者様たち。暑い暑い体育館で黙々と行動されていた警察の方々。市中、村中を走りまわってくださるボランティアの方々、それを支えてくださる多くの方々……。みなさんの必死の顔が、私たちはほんとうに嬉しかった。

「健は私たちのところに戻ってきました。皆様ほんとうにありがとうございました」。心の中で何度も何度も、そう叫んでいました。

それからは、遺体がまだみつからない方々のためにも、子供の霊をなぐさめる為にも、そして、何よりも、このような悲惨な事故を二度とくりかえしてほしくないという気持ちで、取材に応じることにしました。

「あの32分はどう思いますか?」という質問に「ほんとうは知りたい、でもその32分、私達がかわってやりたかったんです! だから聞かないでください」そう叫びたい時もありました。

取材を受けた後……全国の方々から励ましのお手紙をいただきました。見知らぬ新潟の子供たちが、ジュースの好きだった健のためにと、かわいい手紙を一つ一つの缶にはって「健ちゃん、天使になって、私たちを見守ってね」と箱いっぱいにやさしい心をつめて贈ってくれました。そのジュースを涙でぬらしながら、我が子をだきしめたようでした。

手の不自由なおとしよりや中、高校生の皆さんからも悲しみを、自分たちの悲しみとしてくださるやさしい文面ばかりでした。

10月5日、藤岡での出棺式では一つ一つの棺に〝さようなら〟と言いました。上野村村長さんの温かいお言葉が胸に残りました。事故後、2ヶ月、まだ子供の死が信じられず、空を浮かぶ雲をみては、あの子の姿を追い、小さな石ころにもかわいいしぐさがうかんで、前には歩いていかれません。秋風がふいても、あの小さなセーターを見るのがこわくて、衣料函に手がつけられません。

先日、生存者の慶子ちゃんが、マスコミの取材に「学校に行くようになってもカメラで追いかけないでね」と小さな声で訴えていました。

彼女の心のおびえが私にも伝わってきます。同じ遺族として、彼女への励ましの言葉以外ののでおいかけないでねと願わずにはいられません。

多くの言葉はいりません。聞かれたくないことを質問して心の中をかきまわすよりも、そっと、そっとみまもってあげてほしいのです。

昭和60年10月14日》

この手紙は、事故から2ヶ月後の1985年10月に書いたもので、毎日新聞の特集「報道される」の番外編記事として掲載された。ここに書いた気持ちは、今も同じだ。

平凡な一主婦が、マスコミに対しておびえていた。大きなプレッシャーとなり、悲しみのなかで苦しかった。しかし、報道されたあとに全国の方々からいただいた励ましの便りは心強く、感謝の心が溢れた。

遺族が聞かれたくないこと

肉親を失うことによる心の傷は、月日の経過に比例して癒されるものではない。だから、記者には相手の立場になってのデリケートな取材を望みたい。遺族が、「今、何を望んでいるか」を知ってほしいと思う。

記者たちには、「遺族の文集『茜雲』を是非読んで取材に役立てて欲しい。『茜雲総集編』からは、20年間の遺族の心の変化がわかる。一人ひとりの心を癒すプロセスの違いと共通点を理解して欲しい」と話している。

関西では、1995年にあった阪神淡路大震災を契機に、「兵庫県こころのケアセンター」などができ、災害や事故被害者への研究、支援も行われている。全国のなかでも、一歩進んでいると思う。

災害や事件、事故が起きた後の「こころのケア」の必要性が取り上げられ、実践され始めたのは、この10年だろう。御巣鷹山の事故が起きた1985年は、遺族の心情についての社会の理解が、まだ浅かった。PTSD（心的外傷後ストレス障害）といった言葉も広まっていない時代。PTSDとは、災害や事故、犯罪や戦争などで強い恐怖を体験したことをきっかけに発症する精神障害。不眠や食欲不振、情緒不安定のほか、被災時の感覚や光景がよみがえる「フラッシュバック」などの症状がある。阪神大震災や地下鉄サリン事件を機に注目されるようになった。

何度も書いてきたが、8・12連絡会を立ち上げたとき、私たちの目的は、「事故を繰り返させないこと」、そして、空の安全を求めていくことだった。「世界の空の安全を求めて、遺族の枠を超えて活動します」と宣言し、趣意書に明記していた。

しかし、そのころのマスコミは、遺族会は補償交渉をやるための団体と思っており、「補償問題をやらないで何をやるんですか?」と聞いてきた。私たちは、「遺族は、お金のために団結するのではありません」と繰り返し話したが、安全を求める遺族の目的に、マスコミはなかなか寄り添ってくれなかった。

だが、その後に作られた事故の遺族会も、私たちと同じように補償交渉の窓口とはならず、真相究明を求め、再発防止を訴える組織となっている。

事故後3年目、連絡会では、「マスコミの取材でつらかったことやいやだったこと」を、遺族にアンケートで聞いた。

遺族が聞かれたくないことで一番にあげたのは、「補償はどのくらいか? 交渉はもう終わったのか?」、「遺体はどんな様子だったのか?」、「今のお気持ちは?」だった。

この言葉を使ったマスコミが多くいた。強硬な取材と無神経なカメラに、今でも強い怒りを感じている遺族も多くいる。

多くのトラブルは写真についてだった。事故直後、藤岡にあった遺族の待機所に、故人の写真を取りに来たマスコミもいた。後の遺族集会で、「藤岡で、夫の遺骨を抱えている写真を撮られた時、私は怒りでふるえ、フィルムを抜き取ってもらいました」という報告もあった。「静かに慰霊登山をしたいのに許可もなくついてきて、マイクを突き出された」と話す遺族もいた。亡くなった方々と遺族のプライバシーが、あまりにも保護されなかった。こんな時に、間に立って物事を調整してくれる機関がほしいと感じていた。

事故直後に、遺族がテレビに生出演をするのを見るのが痛々しかった。冷静な判断ができない状態のなか、全国からの励ましが嬉しいので、答えようと無理をしてしまう。マスコミは、事故直後の心のケアが大切であることを知り、遺族の負担を少なくするためにそっとしておいてあげてほしかった。

自分が話した内容ではないことを書かれてマスコミに対する不信感が募り、取材拒否するようになった方も多くいた。また、マスコミから補償のことばかりを書かれると、心はズタズタになるし、真相を知るための民事裁判なのに、金額ばかりが話題となることに不快感を覚えた、と答えた人もいた。

私は、捜査状況、事故報告書、不起訴確定など、何にたいしても当事者の遺族よりマスコミのほうが情報が早いことも不可解だった。

そして情報公開を求める役割を果たす上では記者クラブは必要だが、役所と企業とのなれあいの記事はいらないと思っている。

記者たちは、お涙頂戴的な記事を書きたがる。読者の興味あることばかりに視点を置いて質問をする。コメントを用意し、誘導するかたちの取材もあるし、右へ倣《なら》えの報道も多かった。「何か変わったことありませんか?」、「面白いことありませんか?」と聞いてくる記者もいる。

また、心触れ合うこともあるのに、日航との対立ばかりを書きたがる記者もいた。企業と遺族を結ぶ記事がもっとほしかった。また、遺族が心の底では、一致していることに気がつかないで、遺族会活動で意見の相違を書きたがる記者には、応じるのがつらかった。

遺族が黙禱をしているときには、一緒に黙禱して欲しい。マナーの悪さを感じるよりも、悲しみで言葉もなくなる。

報道により遺族だということが知れると、お墓、宗教の勧誘の電話が来るようになったと話す遺族が多い。また、私の家にも来たが、遺族の家を訪ね、「御巣鷹の土」を売りに来る人があらわれるという事件もあった。慰霊の園におせち料理を届けたという、夫をなくした女性の記事が新聞にでると、彼女のもとに「結婚してあげる」という手紙や電話が来た。

遺書について報道された女性の受け答えに対して、僧侶が「なんでそんなに冷静なのか」と、批判めいた手紙をよこしてきた。また、テレビに出たために夫がいないことが分かってしまい、それからは、防犯のために男物のクツを玄関に置くことにしたという遺族もいた。事故後報道の被害を避けるため、遺族も工夫をしなくてはいけなかった。補償のことばかり書かれて、しばらく外出できなくなる人もいた。

事務局の私のところには、「健ちゃんが、大森駅で歩いていた」などという手紙が来た。また、夜中に電話が鳴り、でると切れるなど、苦しいこともあった。

事故直後には、各マスコミが級友の家を回り、写真を集めていた。その写真は、勝手に使われた。生存者を追いかけて、盗み撮りをするところもあった。家族４人で搭乗し、ただ１人生還した女性も、ほかの３人の生還した女性も、事故について多くを語ろうとしない。そのうちの１人は、事故そのものの記憶と同じくらい、その後の「世間の関心」をつらく感じたという。

私は、事故後８ヶ月におこなった告訴の取材を受けた時、健への思いが突然に湧き上がってきて、マイクの前で健の名前が言えず、トイレに逃げ込んで泣いた。この時から、事務局長としては泣かないようにした。だが、いまだに健のビデオは見られないし、録音テープの声も聞けない。写真を見られるようになったのは、七回忌が過ぎてからだった。最近は、事件や事故の被害者のビデオがどんどん流されるようになっているが、遺族はつらいと思う。

マスコミの功と罪

8・12連絡会では、節目節目にマスコミの力を借りた。風化を防止する役目を果たしてくれることが、一番有難かった。

連絡会ができたときも、力を借りた。事故直後、遺族への連絡は、新聞の乗客名簿を見ながら、一人ずつ順番に電話局に問い合わせをしていった。飛行機は搭乗券を買う際に名前や電話が必要なので、連絡先ものった乗客名簿があるはずだったが、私たちの手にはなかなか入らなかった。それが、マスコミから名簿の提供があったのと、連絡会が設立されたという報道により、あっという間に遺族会員が増えた。有難かった。

報道を受けての全国の人からの励ましは、本当にうれしかった。遺族は、励まされ、生きる力をもらえた。連絡会では、毎日ポストを見て、みんなで泣きながら整理し、寄せられた励ましの手紙を会報「おすたか」に載せた。支援の輪が広がっていった。

遺族の気持ちを理解し、記事を正確に前向きに書いてもらえるなら、遺族は、当時のことや今までのこと、亡くなった人のことを聞いて欲しいと思っている。取材をうけ、話をすることは、客観的に自分を見る機会にもなる。活字になることで、亡き人は生きている、と思えるのだ。

北海道に住むある遺族は、15年目にして初めてテレビ取材を受けた。そのとき、夫の遺品であるスーツケースを事故後初めて開けたという。取材のあと、「取材にきた記者を信頼できたから受けた」、「取材されてよい区切りになった、ありがとう」と私に話してくれた。時間の経過とともに遺族の気持ちも変化する。

このように、遺族が、「取材をうけてよかった、がんばろう」と思えるような報道は、遺族にとっても記者にとっても心満たされる取材となる。また、遺族同士の絆のことを書いてもらえると、遺族はさらに結束できる。丹念な取材、継続的な取材をしてもらえると、後々まで嬉しかった。事務局は、そうした新聞を切り抜いて、会報「おすたか」に載せた。印象に残る記事には、遺族からも手紙が来た。テレビでも、きちんとした計画書があったうえでの丁寧な取材はほんとうにうれしかった。


遺族会では、できる限り多くの遺族が、マスコミに出るようにした。遺族の中で報道に協力する人のリストが、5年目ぐらいからできた。

報道されなかったら、忘れられる。マスコミにアピールしていくことで、事故の抑止になる。次世代の子供たちに命の重みを伝えていくことが、私たちの使命と考えていた。

ただ、遺族のプライバシー保護には気を遣った。マスコミから連絡先の問い合わせや取材の依頼があったときには、まず、必ずその遺族に了承をとるようにした。それから後は、遺族本人とマスコミで直接話してもらう。

また、連絡会では、生存者の子供たち2人の連絡先はマスコミには教えなかった。親を亡くした子供などへの取材は、絶対に十分な配慮が必要だからだ。

私個人で言えば、自宅が事務局で、マスコミの窓口ともなったが、家族の生活を第一と考えた。いろいろな電話がかかってくるが、事務局をすることで日常の家族の生活が乱されないような工夫もした。家族が食卓を囲んでいるときの電話は、一切うけないこととした。相手の都合を考えない電話も多くあり、「報道に応じられないのですか」という一方的な言葉をあびせる記者もいた。やっぱりマスコミは怖いなと思ってしまう。

今は携帯で番号が表示され、相手の確認ができるので、傷つくことは少なくなった。しかし、メールもあるので情報の処理に多くの時間を費やす。また、事故原因を推測した大量のＦＡＸがいまだに送られてくる。

マスコミのなかでも事故が風化していると感じることがある。まず、担当者が代わるときに、情報伝達がきちんとされていない。その度に、遺族が説明をすることになる。

10年が過ぎると、「どなたが亡くなられたのですか？」。15年目ぐらいからは、亡くなった人の名前や遺族との続柄も知らずに取材依頼がくるようになった。「すみません、勉強不足で……」と始まる事故の下調べのない取材には、むなしさばかりが残る。亡くなった人の名前や年齢を聞かれるたびに、遺族は、たとえ何年経っていても涙が出てくる。事故の概要や被害者の名前は調べてきてほしい。

20年目、事務局では、「会報『おすたか』をめくってから来てね。『茜雲』も読んでから遺族のところに行きましょう」など、マスコミにむけた「記者教育」をしたりした。会報「おすたか」も『茜雲』も、連絡してくる主なマスコミには1号からずっと送っているが、社内で共有されず、担当者のものになってしまうのだろう。私たちは、マスコミにおける事故の風化とも戦っていると、諦めながらも傷つく。

8・12連絡会を通じて遺族にアンケートをしたマスコミも何社かあるが、その貴重な情報は、報道した後でもきちんと次の担当者に伝達して欲しいと思う。群馬で起こった事故だと、関東圏のみで報道されることも多く、数多くいる大阪の遺族には届かない。また、地方に住む遺族は、共同通信や時事通信が発信する情報をかろうじて目にする程度だ。

2006年10月28日、「報道のありかたについて考える」会に参加し、「事故と遺族と報道」をテーマに話をした。この会は、地下鉄サリン事件で夫を亡くした高橋シズヱさんや、朝日新聞の記者、河原理子さんらが企画している。

私は、その1年前、事故遺族が発言をするシンポジウムで、高橋シズヱさんと知り合った。高橋さんは、前代未聞の大事件の被害者の先頭に立ち、各地の被害者や遺族と交流しながら、支援や対策を訴え、いつも前向きに活動している。また、犯罪被害者とマスコミとの関係向上のために、報道機関に広く連携を求めている。

「報道が市民のためにどう機能していくべきかを考え、報道を受ける側の被害を記者と一緒に考える」という目的を持つこの会では、遺族とマスコミが率直に話し合い、お互いの悩みを出しあう。こうした機会は、双方にとって貴重だと思う。「取材」という枠を超えて、両者の思いを語る機会は、これまでなかった。

阪神淡路大震災に遭い、関西では、心のケアについての研究が進んだ。大震災で流された涙の分だけ、やさしい配慮がある気がした。

JR西日本が起こした福知山線脱線事故の会合の際には、「取材はしないでください」と書かれた紙やリボンを背中や服につけている遺族や被害者がいた。これは、市民団体が提案したという。とてもすばらしい配慮だと感心した。周囲の人々も、「遺族を理解したい」と寄り添う姿勢をみせてくるようになったと感じる。

取材や報道の仕組みを、受ける側は知らないことがほとんどだ。「取材をことわってもいい」、「何度も同じことを話したくない」など、取材される側の気持ちや、「こんな取材はやめてほしい」といった遺族の気持ちを伝えられる、オンブズマンとしての機能を果たす組織も必要になると思う。既存のものでは、放送倫理・番組向上機構（ＢＰＯ）にも期待しているが、指摘や勧告だけではなく、それに従わない場合はどうするか、まで詰めてほしい。

マスコミには、取材だけでなく、遺族支援という役割も期待したい。記者は、遺族をつなぐことが出来る。実際に、他の事故の遺族を共同通信の増永修平記者が紹介してくれ、それが、事故遺族のネットワーク作りのきっかけとなった。みんな不安で孤独だったが、他の遺族と繋がると心強かった。

実名報道についても、遺族は悩んだ。マスコミは、実名でなければ真実に近くはならないと考えるようだが、遺族は違う。なるべくなら顔は公表されたくない。たとえ匿名でも、自分が伝えたいことが伝われば十分だと考えている人が多い。実名を出す場合は、記者との間で信頼関係が結ばれ、遺族に負担がかからないことが前提だ。それでも、実名で出ると、社会でバッシングにあうことがある。

被害者や遺族は、心ない中傷に悩ませられる。私自身は、実名でもいいと判断したが、リスクを抱えてもなおという気持ちになるには、勇気がいることだ。

25年間で感じたことは、遺族の気持ちは、環境と心境の変化によって揺れるということだ。最初は実名、何年か後に匿名を希望する遺族がいる。逆もある。また、家族の中でも考え方が違う。だからこそ、いつも遺族の了解が得られるように努力してほしい。

勇気をくれた記者

今も心の中で、「あの記者さんがいたから、勇気が出た」と思うことがある。記事や放映をきっかけに、今の自分がどこにいるかを客観的に知ることができた。

たとえば、1年目、「健のお母さんとしてやれることを一つでも多くやりたいのです。それ以外は何もありません」と話した。記者は、ポロポロと涙をながし、私の言葉を書きとめ、その思いを書いてくれた。私は、背伸びをしたくなかった。今も、健のお母さんから一歩も出ないし、出たくない。だから頑張ろうと思う。

また、「分かりません、どうしてそう思うのですか?」と聞いてくる記者にはっとすることがある。一緒に考えてくれるんだなと思うと、そこから一緒に求めていくことが出来る。たとえば、遺品についてのNHKの取材で、「何故そんなにこだわったの? 解らない」という言葉に答えたく、24年の資料を改めてまとめた。心通うやり取りから、次のステップが見えてきた。

ポケベルも通じないあの悲惨な現場に、一日に何度も駆け上がった記者たち。私たちに寄り添い、事故を伝え続けてくれた。事故後も、節目には必ず、残存機体や遺品のことを報道する記者。揺るがない信念が見える。諦めてはいけない、と勇気を貰った。記事には結びつかないことでも、遺族が何をどうしてほしいのかと悩んでくれた記者たちとは、今も親交がある。

特に、8・12連絡会の立ち上げの時から付き合いのある記者たちには、特別の思いがある。8月12日生まれだという、当時新人だったTBSテレビの松原耕二記者は、健の部分遺体が見つかった日、カメラを回さないで、12月の寒い体育館の外で大粒の涙を流していた。

前述したが、『おすたかれくいえむ』が誕生するきっかけを作ってくれたのは、毎日新聞の三浦記者だ。

事故調報告書が出る前に細かい説明をしてくれ、一緒に安全論議をした運輸省担当の記者もいた。朝日新聞の田仲拓二記者など、第一線で活躍している記者の情報は有難かった。事故調や、検察の進捗状況などを教えてくれた記者もいた。また、不起訴となり、検察に説明を求めたときに、垂れ幕つくりを手伝ってくれた前橋支局の記者。大きな布と筆を探し、宿で作った。この出会いが、後に『旅路』（上毛新聞社）の誕生のきっかけとなった。

1985年12月に刊行された『日航ジャンボ機墜落　朝日新聞の24時』（朝日新聞社会部編）では、記者たちは自分に言い聞かせている。二度と繰り返してはならぬ悲嘆の場面だからこそ、記録しておかなければいけないのだ、と。涙を押し隠して、涙で書く取材。《それなしで、庶民の、犠牲者の悲しみや憤りをどうやって表現し得るのだろうか。悲しみや憤りを読者と共有できる記事を書きたい。（中略）しかし、その取材を容易に軽々とできる記者は多分いない。心の中におびえがある。それを隠している》と書かれている。この文面を読んだとき、記者たちが流していた涙が、私の中でも光った。

遺族の悲しみは、決して消えない。その痛みに寄り添い、悲しみを伝えることで、遺族が前に進めるきっかけとなる報道をして欲しい。ここでも、柳田邦男さんの2・5人称の視点を思う。

生と死に正面から向きあう。事故にあったのは自分かもしれない。家族かもしれない。そうした視点を持って報道することが、死者や遺族の本当の思いを伝えることになるのだと思う。

25年間、いろいろな方々に「おすたか」を送ってきた。その「おすたか」も、2010年5月現在、92号になる。当時、新人だった記者たちにも部下がいる。大きな事故で現場が混乱するなか、何度も御巣鷹山を駆け上った記者たちは、特別な思いで「おすたか」をめくってくれる。

2009年の慰霊登山に同行した当時を知る記者は、後輩にこんなことを話していた。

「事故当初は、撮影したフィルムをヘリで吊り上げて本社に運んだ。今はデジカメで撮影し、パソコンと衛星携帯電話を使って山中から写真を本社に電送できるが、こうした便利なもので、取材を安易なもしくは雑なものとしないように、本当に大事なものは足で書け」と。

作家の鎌田慧さんも「おすたか」を読んでくれる。彼は事故後21年目、8月8日付の東京新聞のコラムに、「520人の死者の想いを背負って活動してきた8・12連絡会の存在が大きいと考える」と書いてくれた。

また、『墜落の夏』の著者である吉岡忍さんは、8・12連絡会が果たした役割をどう評価するかについて、2006年8月10日付の読売新聞に、《事件・事故の被害者や遺族が、社会的に発言するさきがけとなった。身に降りかかった悲劇を身内に閉じ込めず、公共輸送機関の安全性の問題に社会化し、被害当事者が単なる弱者ではなく、その現実の「主人公」になれることを示した意味は大きい。福知山線脱線事故やパロマ工業製ガス瞬間湯沸かし器の事故などで遺族が声を上げる底流を作ったと思う。

事件・事故の遺族は、何がどう起きたのか、その原因と過程と結果をきちんと納得したい。しかし、公共輸送機関側はひたすら謝罪するだけで、合理的説明をしたがらない。事故原因の究明、航空機整備のあり方などを、加害者と被害者がオープンな場で冷静に議論する社会的な仕組みが必要ではないか。

安全啓発センターを開設したのは当然だ。航空機の歴史は事故の歴史でもある。様々な事故のうえに今の安全があるという航空機の歩みを、一般の航空会社が示せれば画期的だと思う。我々は事故を克服してきたという自負にもつながるのではないか》と書いてくれた。文面を読み、少しこそばゆい気持ちもあるが、こうした記事が、私たち遺族を支えてくれる。

マスコミではないが、ホームページで協力してくれる人もいる。「日航機墜落事故　東京—大阪123便　新聞見出しに見る25年間の記録」を25年間発信されている祝部幸正さんだ。事故が起きてからこれまで、新聞が取りあげた事故関連の記事の見出しを記録し続ける。8・12連絡会のことも、トピックを設けて取り上げてくださっている。事故を風化させないという変わらぬ思いに、感謝の心が溢れる。

2009年7月6日、毎日新聞の萩尾信也記者から依頼を受け、上智大学の新聞学科の学生に話をした。萩尾さんは、取材ではなくても御巣鷹山に毎年登ってくる。私は、「事故を知らない若い人たちにこそ伝えたい」と強く思い、話をすることにした。上智大学では、病気、災害や事故などで大切な人を失った後のグリーフケアの研究や、それに携わる人材の育成をしている。

集まってくれたのは、熱心な学生ばかりだった。遺族の生の声を聞いたことが、とても新鮮だったようだ。この講義の1週間後、たくさんの感想文をよせてくれた。若い感性が、事故を過去のものとしてではなく捉え事故を肌で感じてくれた、うれしかった。新聞学科の学生なので、被害者を実名にするか匿名にするかの問題や、報道の役割などの話もした。学生たちの反応に私の心は満たされ、「変容する時代に国民の信頼を得るマスコミの一員に」と願った。

『沈まぬ太陽』が映画化

原作者の山崎豊子さんとは、『沈まぬ太陽』を執筆中の1996年から何回かお目にかかった。多くの遺族と会われ、わたしの家にも訪ねてこられた。山崎さんは、「遺族の皆さんの気持ちが知りたくて、これまでの会報『おすたか』60冊分を何度も読みました」、「この事故を風化させてはなりません。遺族の人の活動が実を結ばなければ……」と話された。健の仏壇の前で「健ちゃんごめんなさい」と涙を流された。私はその涙にはっとした。山崎さんは、この事故を起こしたすべての人たちの代弁者として、健に語りかけているようにみえた。そうして出来上がった小説には、「死者の無念さを忘れてはいけない」という訴えが詰まっていた。

2008年、この超大作小説の映画化を知らされた。映画というのは小説とは異なり、映像としてリアルに表現されるために、遺族として不安があった。

2009年1月、制作会社が遺族に直接聞き取りをした。そうすると、「現在、子供たちが仕事をしているので実名は困る」といった声が聞かれた。そこで、8・12連絡会から制作会社あてに「悲惨な遺体の描写はしないで欲しい。実名は使わないで欲しい」という申し入れをした。この手紙を出した後は、制作会社を信じるしかない。

試写会に行ってすぐに、事故当時5歳で父親を亡くした若い遺族から、メールが届いた。《非常に丁寧に作られた映画だと感じました。組合闘争、権力闘争など重い内容でしたが、最後は前向きにまとめられていたと思います》とあった。

私は、涙でかすんだシーンが多くあった。つらい映画だったが、補償交渉を拒否してお遍路として四国霊場に旅立つ人に遺族の思いが重なり、健を思った。「安全は何よりも優先される」ということが、観る人々の心に刻まれることを願った。

第8章　安全を求めて

遺族会の出会い

1999年7月22日、「TASK／鉄道安全推進会議」主催の運輸事故調査に関する国際比較シンポジウムが東京で開催された。

TASKは、1991年5月に滋賀県で起きた、信楽高原鉄道の列車とJR西日本の列車が衝突して42名が死亡した事故の遺族らが中心となって作った組織だ。他の鉄道事故の遺族や被害者、鉄道労使、学者、ジャーナリストなども会員として名を連ねている。

シンポジウムでは、事故調査の方法や情報公開制度のあり方、司法捜査と事故調査の関係などの議論を深めた。オランダ、アメリカ、カナダの事故調査機関からの参加者も発言した。事故の被害者や遺族からの発言もあった。柳田邦男さんと、当時日本ヒューマンファクター研究所長の故・黒田勲さんが、事故調査のあり方と被害者・遺族の立場について話された。最後に、8・12連絡会と信楽高原鉄道事故被害者の会とTASKとで、共同アピールを出した。

私は、このシンポジウムで、日航機事故の遺族の立場から、こんな発言をした。

「私たち遺族は、事故の原因をはっきりさせたかった。なぜ亡くなったのか、その理由を知りたかった。死を無駄にせず、再発防止につなげたい。それが、遺された者が、亡くなった方々に対してできるせめてものことだと思い続けてきた」

信楽高原鉄道事故の遺族も同じ気持ちだった。ＪＲ西日本の列車と滋賀県にある第三セクター鉄道の列車が単線上で正面衝突した１９９１年の信楽高原鉄道事故では、ＪＲ側が発生当初から高原鉄道の運転士の過失を主張。自らの責任は一貫して否定し続け、被害者への謝罪もなかった。私たちは、事故調査のありかたを一緒に考えていくことになり、信楽高原鉄道事故の遺族で妻をなくされた吉崎俊三さんとの交流も深まった。

この事故で、ＪＲ側は刑事責任を問われなかったが、遺族が起こした民事訴訟でＪＲ側の責任を認めた控訴審判決が２００２年に出された。当時の社長が初めて遺族に謝罪したのは、事故から12年もたった２００３年のことだった。

当時、鉄道事故の調査は、法に基づく調査権限を持たない運輸相諮問機関が担っていた。そして、運輸省が事故から1年7ヶ月後に公表した報告書はたったの12ページだった。

こうした事態を受け、信楽事故の遺族らは、強力な調査権限を持つ米国家運輸安全委員会（ＮＴＳＢ）を見学。国に調査委の機能強化を求める意見書を何度も出した。こうした活動の成果が実り、２００１年に発足したのが、国土交通省の航空・鉄道事故調査委員会だ。当事者である鉄道会社の内部調査に依存していた鉄道事故も、航空事故と同じように第三者で構成する委員会が原因究明にあたることになった。

信楽高原鉄道事故の遺族でＴＡＳＫの会長だった故・臼井和男さんは「安全に終わりはない」が口癖だった。１９９５年に御巣鷹にも登り、山頂で、鎮魂の鈴に「この美しい地で安らかに」と記した。

1994年4月26日に起きた中華航空機事故の遺族も、8・12連絡会と同じように、真相究明を基本姿勢とした。この事故で妹を亡くした吉田江里さんとも連絡を取り合った。名古屋空港の事故現場にも一緒に行った。彼らが「4・26連絡会」を結成するときには、海渡弁護士と共に会合に出席した。中華航空機事故の遺族は、外国の航空会社の事故ゆえに支援が少なく、毎年の慰霊行事を遺族が中心に執り行っている。大変な苦労だが、団結して粘り強く活動している。この事故で両親と夫を亡くした永井祥子さんは、毎年、御巣鷹に登山してくれる。

遺族会の共通の願いは、事故調査委員会の機能強化だ。8・12連絡会は、事故報告書が出た1987年からずっと、事故調の完全独立を要望してきている。この思いは、信楽高原鉄道事故の遺族や中華航空機事故の遺族にも引き継がれた。被害者がねばり強く発言を続けることに大きな意味がある。私たちが求めるのは、乗客側にたった安全対策だ。

『茜雲　総集編』のまとめにかかり、校正で目を真っ赤にしていた頃の2005年4月25日、大事故が起きた。兵庫県尼崎市で起こったJR西日本福知山線脱線事故だ。107人が亡くなった。

私は、胸がつぶれる思いでその日をすごした。日が経つにつれ、遺族や負傷者の声が聞こえてきた。『茜雲』につまっているのと同じ苦しみだった。

彼らには、私たちと同じ苦しみの日々を過ごしてほしくない。その苦しみが少しでもやわらぐものになってほしいと願った。なんとかしなければ、とあせる思いだった。

出来上がった『茜雲　総集編』を、福知山線脱線事故の遺族会に郵送した。「深い悲しみのなかで、この本のページをめくる余裕などないとは思います。少しでも、落ち着いたら読んでください」と言葉をそえた。

福知山線事故から半年後の2005年10月16日、大阪の伊丹で「TASK／鉄道安全推進会議」主催のシンポジウムがあった。「JR西日本福知山線事故の徹底した原因の解明と事故調査機関の役割と課題」がテーマで、JR福知山線、信楽高原鉄道、中華航空、明石歩道橋（2001年7月21日）、日本航空御巣鷹山のそれぞれの事故の遺族が発言した。遺族は、事故調査機関や司法機関によって、事故原因がどこまで解明されたかについて語った。そこで強調されたのは、広い視野を備えた、遺族も納得できる事故調査の必要性だった。

「原因を究明したい」、「会社には再発防止策を早く講じてほしい」、「個人の責任だけでなく会社や行政の責任を問いたい」、「失敗からできるだけ多くを学んでほしい」……そうした遺族の思いは、同じだった。どの事故の遺族も法制度の不備を訴えている。

私は、PTSDという言葉も広まっていなかった20年前、全国にちらばっている遺族は、会報や集会、電話、文集等を通じて絆を深め合い、悲しみのトンネルを抜けるための手がかりをつかんできたことを伝えた。時代が進んだ今、遺族支援について国として対策を進めるよう求めた。そして、「過酷な日々を過ごされている福知山線事故の被害者の皆様も、悲しみを共有するために寄り添う木を育てていってほしい」と、最後に伝えた。

シンポジウムの後、福知山線事故の遺族の藤崎光子さんや、佐藤健宗弁護士らとテーブルを囲んだ。明石歩道橋事故の遺族で、TASKでも中心になって活動している下村誠治さんや、この事故で負傷された小椋聡さんとも話した。負傷され、重い後遺症で苦しんでおられる方々のことも伺った。いろいろな事故で悲しみを抱え歩いてきた人々が、新たな悲しみを背負ってしまった方々と輪を作り、語る。何も言わなくてもわかり合える絆がある。悲しみを共有すると、その悲しみは同化し、そして溶けていく。

そこではJR西日本福知山線事故で夫を亡くした37歳の女性と話をする機会もあった。「夫が最後に座っていた同じシートに座りたい、つり革につかまりたい。そこに座れば、少しでも夫と近くなれるような気がする」と語る彼女は、電車に乗るときには、つい、夫の乗車位置を探してしまうという。愛する亡き人の最後の瞬間に自らを同化させたいのだ。私は、その気持ちに大きくうなずいた。

肉親が最後に座っていたシートを探したいと思うのは、肉親の死という苛酷な事実を受け止めていくために必要なプロセスだと感じる。亡き人の最後を知りたい、亡き人が最後にみた景色や様子を語り合うことで、悲しみを乗り越えられそうな気がするのだ。日航機事故の遺族たちも、亡くなった時の座席が近かった乗客の遺族同士が連絡を取り合い、毎年一緒に山に登っている。

その夫を亡くした女性は、「今、長い長いトンネルの中にいて出口が見えません。いつになったらここから抜け出せるのか、不安でなりません。死んだことを認めたくないのです。いつまでも一緒にいたい。どうしたらいいですか？」と聞いてきた。

私は、彼女に、本書の73ページに書いた、新幹線のホームで「健が、ストーンと心の中に入ってきた」5年目の日のことを話した。私のように、5年目ぐらいに突然、心の中に亡き人がストーンと入ってくる経験をしている人が、他にもいる。もちろん、人によって違いはあるが、「心の中にストーン」という表現が、みんな納得できるようだ。

日航機事故で、華道の副家元の夫をなくし家元を継いだ妻は、「お花を活けているとき、突然、花の動きが指先に伝わり、ピリピリと血管が走った。指先から電流が流れたようで、体中がしびれ、夫の魂を感じた」と話す。亡き夫がそこにいて、指先から彼女の心の中に入った気がしたという。

亡くなった人を心の中で同化していくまでの月日は、一人ひとり違う。しかし、不安を語れる仲間がいることで、長いトンネルからの出口が見えてくる。

頼もしい応援団

２００５年12月10日、シンポジウム「安全・安心な社会に向けて事故防止のあり方を考える集い」が東京・神田の如水会館において、桐蔭横浜大学法科大学院・コンプライアンス研究センターの主催で開催された。

工学、心理学などの事故調査の専門家と法律専門家、鉄道、航空、原子力の関係者、事故の遺族が専門・組織・立場の垣根を超えて２７０名近く参加した。事故の原因調査と責任追及の関係、制度のありかたについて議論がなされた。私たち遺族にも発言の機会が与えられた。こうした会が開かれることは初めてだった。

事故の遺族として、日航御巣鷹山事故の私、信楽高原鉄道事故遺族の吉崎俊三さん、中華航空機事故遺族の羽深渉さん、明石歩道橋事故の下村誠治さん、東武伊勢崎線竹ノ塚駅踏切事故遺族の高橋衛さん、ＪＲ西日本福知山線脱線事故遺族の藤崎光子さんが、事故調査に求めることや、遺族の心情について発言した。

続いて、信楽事故、明石歩道橋事故、福知山線事故の遺族側弁護士として関与している佐藤健宗弁護士が、「遺族から信頼される事故調査を」と発言した。

畑村洋太郎・東大名誉教授は、「多くの国民は、責任追及と原因究明を司法がしてくれると思っているが誤解だ。現実には、刑事責任の追及を恐れ、当事者は何も語らなくなる。裁判の過程で明らかになった事実の多くは情報公開されない。責任追及は、原因究明を阻害している。（中略）また、実物がなくなると、人は事故そのものを忘れてしまう。事故の風化を防ぎ、再発を防止するためにも事故品の保存は必要だ」と話した。

私は、畑村教授の話に大きくうなずいた。検察や警察は、原因究明や再発防止が目的なのでなく、責任追及を目的としている。そのため、再発を防止するためには、独立した機関が必要なのだ。刑事告訴が不起訴という結果となって以来、私も畑村教授と同じように考えていた。

岡本浩一・東洋英和女学院大教授は、リスク心理学の面からこんな話をされた。「心理学によれば、事故発生から3日以上たつと記憶のゆがみは修正できない。だから、原因究明のためには、記憶のゆがみが生じないよう3日以内に聞き出さなければならない。その時裁判の懸念があると大きな障害になる。欧米の場合、航空機事故では故意又は重大な過失以外は、免責になる。将来の安全のためにも、事故当事者が正直に正しく語ることのできる環境づくりが重要だ」。刑事罰を受けるかもしれないと思うと自己防衛に走り、記憶がゆがむという。そこから真実は出てこない。私は、免責を適用する範囲について悩んでいたので、「記憶のゆがみ」というこの話は、興味深かった。

また、向殿政男・明治大学教授の発言も心に残った。「安全に関しては、消費者、市民、設計者、メーカー、行政・規制当局など、さまざまなステークホルダー（利害関係者）がいる。これら全てが協力して、社会の中の安全の実現に取り組むべきだ」。これこそ、20年前から、日航機事故遺族が求めてきたものだった。この話を聞いたときは、とてもうれしかった。さらに、向殿教授は、企業のトップが本気で安全に取り組むようにするためには、安全への取り組みの程度を、市場が評価する枠組みを作る必要があると話した。

私は、最後に、「残存機体の保存をしてほしいと日航に訴え続けている。事故を一日も早く忘れたいという企業を見るにつけ、事故の残骸は宝にしてもらいたい、絶対に捨ててほしくないという思いが募る。企業には、命の重みを伝えていく社会的責任があると思う」と発言した。

シンポジウムを企画した元東京地検検事の郷原信郎さんが、実りある会をこう締めくくった。

「事故が起こるたび、事故調の調査によって原因究明が行われる。また、警察・検察による責任追及がなされる。しかし、行われる原因究明や責任追及が、事故の再発防止につながっていない。遺族が求めているのは、真相の解明と原因究明だ。責任追及は、社会を沈静化させるためにやるものではない。現在の事故調査制度は、遺族の心情に寄り添うものではない。法律家、様々な専門分野の人たち、遺族、みんなが力を合わせたい。事故に関するあらゆる事実関係と原因を浮かびあがらせ、それを貴重な糧とし、忘れないことが求められている」

ノンフィクション作家の柳田邦男さんも強力な応援団だ。柳田さんは、多くの事故、災害、公害、医療、犯罪などの現場に立ち会ってきた。いつも被害者の視点に立ちながら、事故や事故調査に対して冷静な判断を下される。そして、社会がいま何をなすべきか、さまざまな提言をしてくださるので、遺族から大きな信頼を得ている。

40年以上にわたって現代社会が抱える「いのちと心の危機」について執筆活動を続けている柳田さん、最近は、絵本に関しての活動もしている。

柳田先生の「遺族支援」についての提言には、生と死に向き合ってきた長い月日に裏づけられたやさしいまなざしがある。そのまなざしに、私たち遺族は励まされてきた。

また、先生は、事故調査のあり方などのシンポジウムで、遺族が発言する機会を作ってくださる。他の事故の遺族に会い、遺族同士の交流の場が広がっていくことが嬉しい。

聖地でつながる遺族

御巣鷹山には、亡き人に会いにいく遺族だけでなく、公共輸送機関に携わる人々や、さまざまな事故で肉親を亡くされた方々も共に登る。誰もが、安心安全な生活を求め、事故の再発防止を願いながら。皆に一歩一歩踏みしめられ、御巣鷹山は聖地になった。

２００７年8月には、ＪＲ西日本福知山線脱線事故で娘の道子さんを亡くされた藤崎光子さんと一緒に、御巣鷹山に登った。

蝶が、健の墓標の周りを舞う。藤崎さんの胸には、道子さんの写真が収められたペンダント。健と道子さんが、その蝶になって舞い降りたのだと思った。何も言わなくても分かり合える人がいる幸せを感じた。

２００６年9月12日には、８・１２連絡会の遺族とＪＲ西日本福知山線事故、信楽高原鉄道事故、中華航空機事故、明石歩道橋事故の遺族ら22人で、日航安全啓発センターを見学した。残存機体や遺品など、目に見えるものによって事故を伝えていくことに手ごたえを感じ、さらに遺族の連携が深まっていく気がした。２００８年８月12日には、御巣鷹山で、これらの事故の遺族が、山頂で共に「安全の鐘」を鳴らした。

２００６年２月には、その前年に起きた東武伊勢崎線踏切事故で、元踏切保安員に実刑の判決が言い渡された。

この踏み切りは、手動式の遮断機だった。元保安員は、次の電車が通過するまで時間的に余裕があると思い込み、遮断機をあげたところ、通行人４人が電車に轢かれ死傷する事故になった。遺族の加山圭子さんは、こう話す。「母は、もう帰ってこない。事故が二度と起こらないようにするのが、私たちの願い」と。一人の保安員だけの責任にしてしまうことは、遺族の気持ちに応えていない。なぜ事故は防げなかったのか、という問いに答えを出していない。事故調による事故調査もない。そんなもどかしさ、無念さを加山さんと共に思った。

加山さんは、その後、踏切事故の遺族をこつこつと訪ねている。事故が埋もれないように、遺族の思いが遮断されないように活動している。昨年も、御巣鷹の尾根には彼女の姿があった。

こうして広がりつつある被害者や遺族の連帯は、もとをたどれば公害被害から始まった。

敗戦後、日本は高度経済成長のもと発展を続けた結果、空が、海が、大地が汚れ、多くの命が奪われていった。

公害被害者総行動実行委員会が２００６年に出した『公害被害者総行動三〇年の歩み』には、こう書かれている。

《胎児性水俣病に侵された宮内一二枝さんは二九歳で生涯を閉じた…。一生一度も歩くことも、話すこともできず、けいれんとたたかいながら生きぬいた二九年だった。もし、国や熊本県が漁獲禁止、工場排水の停止をしていたら、現在の患者の大部分は発生しなかった》

日航機事故遺族の私たちは、公害裁判のことを知り、企業の姿勢と構造にメスを入れるために、企業のトップを被告訴人とすることにした。今も命がけで闘っている人々がいる、その人々に力を戴いて、私たちの戦いは始まったのだ。

最近は、日常生活で当たり前のように使っていたものによる事故が多くなっている。回転ドア、プールの排水口、エレベーター……こうしたものによる事故の被害者も声をあげ始めた。

２００６年6月、シンドラー社製のエレベーターの扉が開いたまま上昇し、市川大輔さん（当時16歳）が亡くなった。安全であるはずのエレベーターで、なぜ命を奪われなければいけなかったのか。彼の死を無駄にしたくないと、市川君の母・正子さんや市川君の同級生や先輩たちが、「赤とんぼの会」を立ちあげた。独立した中立な第三者による事故調査機関の設立を求めて署名を集め、２００９年5月31日には東京でシンポジウムを開いた。

このシンポジウムで柳田邦男さんは、身近な生活空間での事故は、行政の対応もバラバラで被害者は孤立している、と話された。ただ、「犯罪被害者も当事者が立ち上がることで法律ができた。被害者の声は少しずつだが確実に社会を変えている」と言う。そして、日本でも２００５年6月の段階で、内閣府の諮問を受けた日本学術会議の安全工学専門委員会が「事故調査体制の在り方に関する提言」をまとめたことを紹介した。

向殿政男・明治大学教授は、「幅広い事故を対象にした独立性を持った常設の調査機関を設置し、行政や民間に勧告を出す機能を与えるよう、学会では何度も報告しているが、日本の縦割り行政という弊害もあり、なかなか行政を動かせない」と仰っていた。

シンポジウムには若い人たちの姿が多くあった。友の命をしっかりと受け止め、市川さんの悲しみを家族だけの悲しみに終わらせない、市川さんを支えていこうという仲間たちの絆が、とても温かかった。

２００９年8月には、「赤とんぼの会」の人たちが、千羽鶴を手に、御巣鷹に慰霊登山してくれた。灯籠を流し、生活空間の事故の再発防止をともに願った。事故を人ごとと思わず、遺族を支える人たちが社会のしくみを変えていく。

ＪＲ調査情報漏洩問題

２００９年9月、驚くべきことが発覚した。

《尼崎ＪＲ脱線事故で、原因究明に当たった国土交通省航空・鉄道事故調査委員会（現・運輸安全委員会）の委員が、２００７年6月の事故調査報告書の公表前にＪＲ西日本の山崎正夫社長（当時）に報告書案を渡し、その内容がＪＲ西の意向に沿ったものになるよう委員会で修正を求めていた。（中略）当時の事故調委設置法や、運輸安全委設置法は、関係者が職務上知り得た秘密を漏らしてはならないと定めているが、罰則はない。前原国交相は、「告発するにも罰則がなく、処罰できない」とし、運輸安全委設置法の改正を検討している》と、神戸新聞が報じた（9月25日付）。

その後、10月17日付の朝日新聞は、こう報じている。

《社内で開いた会議の資料のうち、96年12月に起こったJR函館線の脱線事故にかかわるものが兵庫県警や事故調に提出されていなかった。（中略）函館線の事故は、宝塚線事故に似て急カーブなのに新型ATSが整備されていなかったケースであり、刑事責任追及の鍵になるものだった。さらに事故調が開く意見聴取会で、専門の立場から意見を述べる「公述人」に応募するよう旧国鉄OBら4人に頼んでいた。公述人に選ばれた専門家の1人には不都合な資料を取り下げるよう求め、選ばれなかった2人には応募資料づくりの費用としてそれぞれ現金10万円を支払っていた。

責任を軽くしようと不明朗極まりない工作を重ねていたと見るしかない。（中略）
鉄道や航空機の事故が起きると、捜査当局の捜査と運輸安全委の調査が並行して進む。これらは、事故の再発を防ぐ大きな二本柱である。とくに安全委は原因を的確に突き止め、再発を防ぐことを最大の使命としている。

JR西日本の一連の行為は、この二本柱のうちの一本の信頼を失墜させることになった。事故原因が究明されなくては、利用者は事故の再発リスクから逃れられないまま列車に乗り続けることになる。それは、乗客の生命を預かる企業としての資格そのものが問われているということだ》

このような事態が発生するのは、事故調査委員会が国土交通省下に置かれていることが一因だ。徹底した中立性と独自性が保たれている機関と信じて、亡き人に報告しようと、事故報告書が出される日をじっと待っている遺族の心の中を考えると、この行為は看過できるものではない。

これより先立つこと約1年前の2008年10月、航空・鉄道事故調査委員会は、国交省の外局たる「運輸安全委員会」に改組されることとなった。改組に当たり、国交省の一般向け説明会が、9月12日にあった。そこで、私は、「遺族の一番の関心は、勧告機能の強化。事業者が勧告に基づいて講じた措置の報告をきちんと求め、市民に公開してもらいたい」と訴えた。9月24日、8・12連絡会としても、新組織の運営規則案を国交省に提出した。

御巣鷹山事故の遺族は、22年前の事故調の聴聞会に「事故の関係者ではない」から発言することが出来なかった。更に、事故調査資料が事故後10年で破棄されたなどという報道もあった。私たちは、資料の長期保存を求めるとともに、これまで事故調が、国交相に対して勧告しかできないことを問題にし、新組織に求められるのは、まず「発信力」の強化だと意見を書いた。

各方面からの要望に応えるかたちで発足した運輸安全委員会は、勧告機能が強化された。関係する事業者には直接勧告を行うことができ、勧告に従った措置を取らない場合は、その事実を公表できるとなった。また、報告書を公表する前には、被害者説明会を開くことになった。そして、何よりも嬉しかったのは、同委の設置法に、被害者への情報提供が義務付けられたことだった。

しかし、旧運輸省と警察庁が1972年に交わした覚書は、そのまま引き継がれた。捜査と調査のあり方についての見直しはなされなかったのだ。

それでも、事故調査委員会から運輸安全委員会と名前が変わり、遺族支援の検討も始まったことで、少し前に向いてきたと信じていた。そんな中で、JR西日本福知山線脱線事故の調査書漏洩問題が起きた。

この報道を聞いて、24年前の日々がよみがえってきた。私は、事故後、生きていくだけでいっぱいいっぱいだった。一番望んだのが、事故調査報告書で真相が明らかになること。そして、二度と事故が起きないために、その報告書が役立てられることだった。それが、健の命をいかすことだと信じていた。

事故調査報告書がでたとき、分厚い2冊のページをめくり、9歳で逝ってしまった健にわかる言葉で話して聞かせた。「僕は、何故死ななければならなかったの？」という問いに答えたかった。事故報告書を仏壇に置いた時、自分も少し進めた気がした。

何度も書いているが、遺族は、「あの時、引き止めておけばよかった」、「私が死なせてしまったのでは」と自分を責めてしまいがちだ。報告書が、論理的に事故の原因について説明を与えてくれれば、少し救われる。報告書は、私のよりどころであり、出発点だった。

その報告書が公正に出されたものでなかったら、いったい何を信じ、何を頼りにしたらいいのだろうか。遺族にとっての事故報告書の重みを受け止めて欲しい。今回の件でも、遺族が一番つらいと思う。

ＪＲの事故報告書漏洩問題を受け、国交省運輸安全委員会は「福知山線脱線事故調査報告書に関わる検証メンバー会合」を設けた。柳田邦男さん、畑村洋太郎さん、関西大学教授の安部誠治さんら権威ある識者がメンバーとして名前を連ねている。また、遺族や負傷者もメンバーとして参加している。私たちの時には想像も出来なかった。とても嬉しいし、当然のことだとも思う。

２００９年12月7日に行われた第1回会合の議事録を国交省のホームページで見ると、柳田さんが、「事故調査報告書を検証するという前例のないことをやるこの画期的な仕事は、安全問題に関する歴史的な転換点になると思う」と発言されている。私は、事故調査のあり方にまで踏み込んだ論議に期待が高まった。

事故調査経緯の公開は不可欠だ。運輸安全委員会でも、結論に至るまでの透明性を高めて欲しい。今回のようななれ合いを聞くと、過去の事故調査でも同じことが行われていたのではないかと疑念がわいてくる。ＪＲも日航も、親方日の丸の時代から飛びたてない構図があるのだろう。二度とこのようなことが起こらないように、と願っている。

そして、私たち一人ひとりが、社会の常識とはかけ離れた内部論理を優先させる企業体質を許さないことに尽きると思う。

今こそ、「捜査」と「調査」を根本から見直してほしい。

事故調査は、安全を阻害した要因をすべて洗い出し、再発防止に役立てることが目的のはずだ。今のように、報告書を刑事裁判の証拠に利用するのでは、関係者が処罰を恐れて口をつぐんでしまい、貴重な経験を安全に活かせなくなる。エラーが誰の責任かよりも、どの方法で防止できるかを探りたい。ミスを処罰することでは、ミスは減らない。事故に至る小さな芽を摘んでいくことが必要なのだから、失敗を隠さず共有して欲しい。罪を問うのは故意や重大過失に限って欲しい。刑事責任を問うことよりも、事故調査を優先して欲しい。これが、私たち遺族会が25年にわたってめざしてきたものだ。

２００９年5月21日、改正検察審査会法が施行された。これまでは、検察が不起訴にした案件について、検察審査会が起訴が妥当だとしても、その議決には拘束力がなかった。私たちも、それで涙をのんだ。しかし、法の改正により、検察の不起訴処分に対して検審が再度「起訴すべき」と議決した場合は、被疑者は必ず起訴されることになった。検察審査会の権限の強化は、裁判員裁判とともに、国民の司法参加制度の大きな柱となっている。

２０１０年１月27日、２００１年７月に11人が死亡した兵庫県明石市の歩道橋事故で、兵庫県警明石署の元副署長が業務上過失致死傷罪で起訴されることが決まった。神戸第二検察審査会が、全国で初めて「起訴議決」を出したためだ。その夜、この事故で智仁ちゃん（当時２歳）を亡くした下村誠治さんから電話があった。新しい一歩を共に喜んだ。日航機や他の事故の遺族が果たせなかった、再発防止のための公開の法廷にむかって進む一歩だった。

私たちは、ただ罰したいのではない。市民感覚を重く受け止めて仕組みを変えたいのだ。


行政にまかせているのでは間に合わない、と自ら立ち上がる人たちもいる。畑村洋太郎教授は、自らの意志を持った様々な分野の人々と手弁当でプロジェクトを立ち上げた。「危険学プロジェクト」と名付けられ、事故防止を最終目標として、社会・組織・人間の考え方や行動様式の解明まで調査研究を行うことを目的としている。

２０１０年３月28日、私は、その「危険学プロジェクト」の活動報告会に行った。回転ドアで男の子が亡くなった事故を忘れないためにと、その現場だった六本木ヒルズで開催している。

航空、鉄道、自動車、ビル管理、保育園……さまざまな業種の人たちが３３６名も集まり垣根を越えて議論を交わし、データを共有している。会場は、再発防止のためには一時も無駄にはしていられないという熱気に溢れ、情報が飛び交うスピードは凄まじく速い。

畑村教授は、事故や災害の現場に自らおもむき、未然に防ぐための手立てはなかったのか、科学的実験や解析を繰り返し行っている。たとえば、公園では、危ないからと次々と姿を消していく遊具がある。幼かった健が大好きだった箱ブランコなどだ。畑村教授は遊動円木を大喜びで揺らす盲学校の子供たちの傍らで優しい笑顔で立っている。危ないものを取り除くのではなく、遊具と融合して、命を守る手立てを学ぶという考えだ。

事故の責任や事故調査のあり方についての議論も大切だが、事故や災害を未然に防ぐ手立てが何よりも急がれる。「安全社会の大きな礎」をこの日本に築くという畑村教授の行動力に賛同し、私も出来ることをしていきたいと思う。

救難救助の課題

中華航空140便墜落事故の遺族には、「もう少し救助が早かったら」、「なぜ助けてあげられなかったのか?」、「もしかしたら助かったのではなかったか?」と言う方が多い。救難救助について、遺族の思いは共通している。

「本当に即死だったのだろうか。何時間も誰も助けに来てくれず、放置されたまま苦しみぬいて、息を引き取ったかもしれない。そう思うと、可哀そうでならない」と、40歳の息子を亡くした父が、文集『茜雲』にも書いている。

8月12日に起こった日航機事故では、現場に一番早く到着したのは、13日の日の出とともに登った地元の上野村の消防団だった。警察のレスキュー隊が現場に到着したのは、事故から14時間ほど経っていた13日午前8時半だった。生存者の近くで遺体が見つかった方の遺族は、無念である。各機関には、緊急時における連携をどうしても望みたい。

事故後5年目の『茜雲』には、夫を亡くした女性がこんなことを書いている。彼女の息子は、当時、東京消防庁に勤めていた。事故があったとき救助の出動が可能であったのに大変残念に思う、どんな災害にも万全となるような救助の方法の整備を望んでいる、と。連絡会で活動をともにしてきた、今は亡き彼女の言葉は重い。

日航機事故の教訓がいかされ、１９９０年から夜間捜索可能な赤外線暗視装置を装備した救助ヘリコプターが、順次調達されたりもしている。だが、緊急時における縦割りの行政は、大きな課題を残したままだ。

身元の特定については、ＤＮＡ型鑑定の技術がさらに確立されていくことだろう。また、歯のエックス線写真を使った身元確認を迅速にするシステムを、群馬県高崎市の歯科医師・小菅栄子さんが開発したという。慰霊登山で彼女に会い、そのことを知った。事故の教訓がいかされていることを聞くのがうれしい。これも、遺族共通の思いだ。

また、日航機事故で歯科医の父を亡くされた兵庫県豊岡市の河原忍さんが、ＪＲ西日本福知山線事故では、歯科医として身元確認に活躍したということも聞き、うれしかった。

第9章　遺族支援

「死にたい」と言われて

私が、8・12連絡会の事務局を引き受けて一番とまどったのは、事故直後に遺族から電話があり、電話口で「死にたい」と言われた時だった。一緒に泣くことしかできなかった。でも、同じ立場だからそれができた。

今でこそそれでよかったのではないかと思っているが、その「死にたい」という言葉がきっかけで、遺族の心理状態について学びたいと思うようになった。災害や事故、犯罪や戦争などで強い恐怖を体験したことをきっかけに発症する精神障害のPTSDという用語は、まだ使われていなかった。

私は、悩んだ末に「いのちの電話」の相談員になった。そして、自殺防止の研修を受けた時に、「傾聴」という言葉があるのを知った。

若い人たちが、深夜電話をしてくる。「死にたい」という言葉は、「生きたい」という心の叫びだった。「私は、いらない存在なの」は、「私は、ここにいていいのね」と同じだった。アドバイスを何もしなくても、「話を聞いてくれてありがとう」と電話は切れた。共感してくれる人がいれば、生きるという気持ちにつながると知った。

電話をしてくる若者たちと、「共に生きていこう」と泣いた遺族の仲間とが重なった。事故直後、多くの遺族が「うつ状態」になった。うつ病までいかないグレーゾーンにある人の心に必要なものは、薬ではなく「傾聴」してくれる人たちだと思った。

「死にたい」という遺族との会話がきっかけになって、「心の病」の勉強が始まった。そして、統合失調症などの精神障害者の共同作業所の運営から始まり、就労支援施設やグループホームのNPO法人をたちあげて10年になる。50人の障害者が通うその事業をしながら、精神保健福祉士の国家資格を取ろうと思った。55歳の受験勉強だった。毎晩、家事を終えてから夜中に食卓でテキストを広げた。資格を取ったことで、寄り添える範囲が広がったと思う。

米国のNTSBは、連邦運輸省からの独立機関として1967年に創設され、あらゆる運輸事故の事故調査を実施している。1996年には、「航空災害家族支援法」が成立し、NTSBの役割に、航空機事故遺族の家族支援が加えられた。さらに、2008年、「鉄道旅客災害家族支援法」も成立し、鉄道事故も家族支援の対象になった。

この米国の「航空災害家族支援法」では、事故にあった被害者家族への支援者が指定され、また、その権限が明記されるなど、多岐にわたる支援内容が細かく定められている。いくつか具体例を挙げてみる。

NTSBが行った調査の途中経過や結果等について、家族に最優先に説明すること、赤十字などの機関を指定し、精神的ケアを行うこと、加害者企業がする被害者への支援内容を明記し、その監督をすること、メディアや弁護士に対し、プライバシー保護のために勧告すること、遺体や遺品、補償問題について家族が相談できることの保証、乗客名簿の提供範囲などを具体的に明示、さらに、事故、及び事故後の後遺症に悩む家族への支援機関の紹介をする等である。

こうした法律の下で、事故の被害者、家族に支援が行われている。

この支援法は、まさに、私が事故直後から必要だと感じたことが網羅されている。そのきめ細かさに感嘆してしまう。

肉親をなくすということ

被害者遺族の苦しみは、社会的になかなか理解してもらえない。私は、愛する人を亡くした悲しみに対して、周囲の理解がより深まることを願ってきた。一人で苦しんでいる人には、死の原因に関係なく、周りの人々の理解が必要だ。

日航機事故の遺族は、遺族の生の声を初めて社会に届けた。「遺族」という存在について、社会の人々に認知してもらう役割を担えたと思う。会報や文集で、定期的に生の声を発信してきた25年間は、こつこつと遺族が積み上げてきたものと自負している。

日航機事故後に起きた事故の遺族は、同じ思いで手を繋ぎ歩んでいる。今では、社会の人々が、遺族会は、恨みを晴らしたり補償問題のみをすることが目的ではないと理解してくれていると思う。

私は、8・12連絡会や自分自身の仕事を通じて、同じような経験をした人の間でおこなわれるピアカウンセリングの重要性を感じている。心おきなく亡き人のことを語れ、心のプロセスを確認する仲間の役割は大きい。私たちは仲間がいたことにより、より多くの場で発言していくことが出来た。

新しい一歩をふみだすのは、自分自身なのだ。ただ、その時まで周囲の見守りが必要だ。だから、どこに行けば支援がうけられるかの情報の提供も重要である。相談に乗ってくれる場所が、市町村レベルの地域で作られていくことが求められる。

今でも、8月12日の命日が近づくと体調を崩す人がいる。精神的な苦しみが身体にもひびくのだ。専門家が、「ここに来なさい」というだけでは、苦しみからは解放されないと思う。当事者である遺族同士が互いに支援をし、そこに専門家が入り、支援する。精神保健福祉士として精神障害者の心のケアをしていると、仲間同士で支援をし合うことは、専門家のサポートとは違う、互いを高めあう効果があると確信する。

ごく最近になって、日本でも、心のケアの専門職が被害者遺族の支援をするようになった。ただ、心のケアはまだ置き去りにされているのが実情だ。こうしたシステム作りは、日本は欧米より遅れていると感じている。

遺族支援とは何か

「なぜ、事故がおきたのか？　なぜ、助からなかったのか？　なぜ、防げなかったのか？」。

遺族たちは、その「なぜ？」への答えが少しでも早くほしい。遺族支援のひとつは、そのなぜに対する答えを、一日でもはやく遺族のもとに届けることだ。

処罰感情を沈静化させるのは、こうした支援があってはじめて出来ることだ。残された人の感情はそれぞれ違うが、処罰されたからといって、悲しみの心が癒されるものではない。遺族たちは、まず、事故の原因解明と、再発防止を求めている。事故から教訓が生まれることを何よりも望んでいる。

もう一方で、情報提供や生活支援、補償などの直接的な遺族支援も必要だ。この両輪があって初めて、遺族は冷静な日々に戻ることが出来ると感じている。

例えば、アメリカでは、先も記した航空災害家族支援法によって被害者支援が行なわれている。また、オランダでは、被害者救援組織が、事故直後から積極的に被害者や遺族の心理的なストレスの緩和にあたっているという。

こうした国々を参考にしながら、日本の文化に合ったシステムづくりが急がれる。犯罪、交通事故、災害の被害者支援策を参考に法整備がされ、自助グループなどや民間の支援団体とも連携して全国の自治体が窓口となる、災害や事故、事件を網羅した犯罪被害者支援センターのような「被害者支援センター」が必要だと思う。そして、「兵庫県こころのケアセンター」のような中核となる場を増やし、被害者家族支援を進めたい。これは、事故だけでなく、地震や自然災害においても機能する。

２００８年４月、参議院の国土交通委員会で「国土交通省設置法等の一部を改正する法律案に対する附帯決議」が出され、公共交通機関にかかわる事故の被害者支援の充実が図られることとなった。

そして、翌年９月に、国レベルとしては初となる検討会が設置された。今後、検討会では、２年間のうちに、話し合われたことをもとに支援策の指針を作成することになっている。

被害者団体代表として、私は、その委員を引き受けることになった。ＴＡＳＫの下村さんと一緒だ。私たち遺族にこのような場が与えられたことに感謝したいと思う。

検討会では、信楽高原鉄道事故、中華航空機事故、JR西日本脱線事故の被害者にも話してもらうようにお願いした。

また、2010年2月には、360人ほどの日航機事故と中華航空機事故被害者家族へのアンケートを実施した。国が直接、被害者に聞き取りやアンケートをするのは初めてのことだ。8・12連絡会も協力した。

アンケートを集計していた人が、こう話していた。

「回答の中で『つらくてもう書けません』と書かれた方もいました。遺族の思いに圧倒される思いです。また、できるだけ冷静に当時を振り返って、今後への教訓を伝えようとしているのが印象的でした。行政等の関係者の方々にしっかり読んでいただければ、いろいろなところで施策に反映していただけるのではないかと考えています」と。

冷静にアンケートに答えた40歳代の方は、事故当時は20歳代だった方々だ。親亡き後、事故についてしっかりと考え、歩いてきた遺族の姿が頼もしかった。どなたもが25年前の日をまるで昨日のことのように書いている。色あせることのない遺族の心の内を生かしたいと改めて思った。国が、こうしたかたちで被害者に寄り添うということは画期的なことだ。実のある結果を出したい。

日航機事故をはじめ、他の事故においても、被害者に寄り添おうとしたのは、加害者である企業だった。しかし、世話役という制度が難しかった。世話役を担った一個人の心は傷ついたと思う。私は、被害者や遺族だけではなく、世話に当たる社員にもPTSD等に至らないためのサポートが必要だと感じている。

もちろん、世話役を評価する声もあった。被害者と加害者という関係の中でも、人としての心の結びつきがあり、今も交流が続いている組もある。しかし、全体としては、会社の誠意は伝わってこなかった気がしている。激務のために、亡くなった世話役もいたと聞くとなおさら悲しい。遺族にとっては、加害者である企業と対峙する苦しみは短い間でいい。傷つけあう日々からは、本当の安全は生まれないと思う。企業でない、公の組織による寄り添いを求めたい。

また、被害者や遺族に寄り添い話を聞く以外に、安全への取り組みや情報を継続的に流すことが大切だ。これも、マスコミや加害者である企業だけからではなく、国の機関や組織からされるようになってほしい。


遺族支援について、25年の遺族会活動を通じて必要だと感じていることをまとめてみた。

●適切なタイミングでの迅速かつ平等な情報提供

・安否情報・乗客名簿の管理・連絡体制の確立・被害者家族の個別のニーズの把握・事故調査と捜査の進捗状況の説明・事故原因についての説明会・公聴会への案内。

●直接支援（心のケアを含めた生活支援と経済的支援）

・生活支援・補償交渉への支援・裁判への支援・心のケアの窓口設置・被害者団体への支援・被害者支援団体への支援・遺体確認の支援・葬儀等の支援・慰霊行事の実施・役所への書類の作成支援・遺品の返還・子供への支援・マスコミ対策・プライバシーの保護・事業者との継続的な連絡調整・被害者家族への継続的な情報提供。

こうした総合的な支援が、一元化された形でされて欲しいと思う。そのためには、既存の災害対策基本法や犯罪被害者等基本法、国民保護法などを活用し、繋げる形での法整備も必要となるだろう。

事故、災害、犯罪、病……どんな理由でも、肉親を喪失した時の悲しみのプロセスは共通していることが多い。大災害はいつ起こるかもしれない。それに備える意味でも、被害者やその家族への支援のあり方を考え、支援システムを整備することが急がれるべきだ。この点、先に紹介したアメリカの「航空災害家族支援法」が参考になると思う。

実際に、米国の遺族救済制度を紹介する動きもでてきている。たとえば、2009年10月、『アメリカ連邦政府による航空災害家族支援計画』（成山堂書店刊）という本が発刊された。

この本の巻頭には、次の言葉がある。

《航空機事故から学ばなければならないものには、工学的知見だけでなく、犠牲者、家族や関係者の心的ケアや慰藉についても多くの課題が残されていることを忘れてはならない。我が国の事故犠牲者支援制度に関する議論の一助となればと考え翻訳、刊行した》。

訳したのは、（社）日本航空機操縦士協会法務委員会。全日空や日航の機長が名を連ねている。私は、先進的な米国の遺族救済制度が紹介されているこの本を手にし、心理的ケアの内容を何度も読むうちに、その本を訳した（社）日本航空機操縦士協会の方々のやさしさを感じた。

この本に書かれていることは、さまざまな事故や災害で悲しみにあるすべての人々を支援するために共通した内容となっている。国の機関で参考にしてほしい。そして、今こそ、事故被害者に対する公的支援制度の必要性の論議が高まればと思う。

また、２００9年10月には、『ヒューマンエラーは裁けるか』（東京大学出版会）が出版された。以前、日航の安全アドバイザリーグループで、わたしたち遺族へヒアリングをされた芳賀繁先生が翻訳した。

この本の著者、シドニー・デッカーさんは、ヒューマンファクター研究者のオランダ人だ。スウェーデンや英国でも、日本のように事故が起きた現場の従事者の刑事責任が追及されるという。

私はこの本を読み、あらためて、ヒューマンエラーを犯罪として扱い、刑事訴訟や民事訴訟など司法の場で判断するだけでは真実は見えてこないと感じた。やはり、事故を調べる第三者機関が必要であり、また、その決定を社会が受け入れる仕組みも必要だと思った。

被害者だけでなく、加害者である組織も安全を求めているにもかかわらず、司法によって裁かれた「勝者」と「敗者」の関係になってしまうと、有効な再発防止策は生まれない。

処罰が優先される犯罪と、エラーによる事故は違う。

私たち遺族は、事故の当事者に真実をありのままに語ってもらう環境がつくられることを願ってきた。御巣鷹山の失敗をいかして欲しかった。そしてまた、事故の被害者が、経済的、精神的支援を受けられる社会を構築することが、処罰感情を鎮めるためには不可欠だと思っている。

終章　これから

子を亡くした母親たち

１９９２年12月号の『詩と思想』に原稿を依頼され、こんなことを書いた。

《「白の世界」

私は、子どもの頃からなぜか色についてだけ神経質だったように思う。色の組み合わせや配列、配色にはことのほかこだわった。小さな持ち物や、服装、部屋のインテリア等、好きな色に囲まれていないと気持が落着かない。それでいてセンスが良いという訳ではないのだから、たぶん色の彩なす魔法にかかっていたかったのだろう。

その色というものについて一番衝撃的な体験をしたのは、二男健（九歳）を突然の事故で亡くした時だった。洋服は黒しかまとえず、心の中は真白な日々となった。巡る季節を全く感じる事が出来なかった。桜の花びらの色、紫陽花の紫、向日葵の黄色も眼には全て白く映った。

生きている事が不思議のような日々の中、街を行くと、クリスマスツリーのイルミネーションが恐かった。とりわけ、五月の空に泳ぐ鯉のぼりは涙の中でかすんだ。

節句には、亡き子が息をひきとった御巣鷹の尾根に、白い布で作った手作りの鯉のぼりを立てた。小さな白い鯉のぼりには「健ちゃん安らかに」と書いた。私の心の中は白しかなかった。又、五百二十人の命をのみこんだ斜面が、初雪で覆われているのを聞くと、いてもたってもいられず山に登った。まっ白な胸の中を、白い世界の中でならみつめ返すことが出来るのではないかと必死のおもいだった。

白雪は悲惨な現場を何事もなかった様に包み、木々の芽は白い地表でも新しい誕生を待っていた。

時は、少しずつ私の心の中の色を染める役目を果たしてくれた。息子が逝って五年余り経って、あの幼い頃の色合せの感覚が戻ってきた。

雨にうたれた桜の花びらを見て「生まれて初めてさくらの花を見た」と思った。今まで見えない物が見えて来た。身近な人々の顔の色が戻ってきた。色が命を持ち、心の中で動き始めたと同時に、亡き子がいつも心の中で一緒に生きていると思える様になった。

事故から六年目の六月、事故後はげまし続けて下さる藤岡や高崎の友人の誘いで尾瀬に行った。水面下一メートルの所に咲く水芭蕉に出合った。

水中で揺れる水芭蕉の白さはあらゆる色を含んだ白さだった。私はその美しさに息をのんだ。竜宮に続いているという民話のあるその沼をのぞくと亡き子の笑顔が映っていた。

白はあらゆるものの始まりだと改めて感じた。

私は今、さまざまな理由で子を失ってしまった親達と詩誌を通じてささやかな交流を図っている。心にあいた穴に吹き渡る風を共に受け、ぬくもりを求めて生きたいとする仲間達。悲しみの色はそれぞれ違うが、悲しみを素直に文字化することによって痛みは少しずつやわらぐと信じている。

溶け始めた白雪が春を呼ぶように限りなく美しい白を出発点として、悲しみの色を共有し融合させることによって、人と人の理解が深まっていく。

色を失ってみて初めてみえてきた私の白の世界、幼い頃にかかった色の魔法は、今も私の心の中で消えていない。》

ここに書いた、子を失ってしまった親達との交流の一つが、「白いブランコの会」だ。１９８９年10月に発足した。私の詩集『白い鯉のぼり』を読んでくださった、子を亡くされたお母さんたちが手紙をくれた。そこで、私は「子を亡くした母親同士が励ましあう場を」と、会の結成を呼び掛けた。急性心不全で二男を亡くした女性が、「愛しい思いを、叫びたいつらさを、懐かしい思い出を、心優しく字にして生きていく力にしていく場所にしたい」と返事をくれた。

私は、野火の会で高田敏子先生とめぐり合い、高田先生が言われた「死者からは、こちらが見えている」「死とはやすらかなもの」という言葉を信じた。

白いブランコの会の仲間は、詩を書くことでわが子を心にしまい、悲しみから逃げないで、少しずつ前を向いて歩いている。

会員は30人、北海道から関西に住む、子を亡くした30代から50代の母親たち。子を失った理由は、交通事故の巻き添え、校舎屋上からの転落、スポーツ中の事故、病気、自殺などさまざまだ。本格的に詩を作った経験のない人ばかりだが、隔月の会報「白いブランコ」に詩を寄せあった。この手づくりの会報は、10年余りで33冊となった。

「私が死なせてしまった」

幼い子供を交通事故で亡くした母は、自分を責め続けなければ生きていけない。それほど、苦しい。母が、わが子の死を「乗り越える」ことはないと私は思う。乗り越えるというと、離れていく感じがするが、わが子は自分の一部だから。

母たちは、日常にあるほんの些細な瞬間でも亡き子を思い、そのたびに心が凍る。たとえば、駅までの道を歩いたとき、夕食のお皿を並べたとき、たんすの引き出しをあけて匂いをかいだとき……。ブランコで一緒にゆれたときのひざの上の感触、ちびた鉛筆、使いかけのノート、大きくならない靴……。起きている間じゅう、亡き子に会いたくて会いたくて、気が狂いそうになる。

自分の子と同じ年頃の子供を見ると、心が痛む。どこかできっと生きている。群衆の中にわが子を見つけ、その姿を追いかける。冬には小さな手袋を用意した。子供の持っていたものを手元に置いておく。捨てられない。こうした共通の思いを語り合い、詩にした。

この会の活動を通じて、自死されたお子さんの母の「助けて、というサインを見逃してしまった」ことへの自責の念の深さも知った。時が経っても、何もしてあげられなかった亡き子への償いの気持ちで、息ができないくらいに苦しんでいた。自殺に対する世間の偏見のため、死因も言えない。「この道から抜け出るためには、自分自身の足で歩かなければと気づいていても、一歩も前に進めない」。悲しみがある。

母親たちはこう綴る。

「いつしか子どもは、親から自立していく。しかし、亡くなった子は、なんの荷づくりもしないまま旅立って行った。世の中の誰が忘れようとも、決して亡き子を忘れることはない。自身が天に召される時まで、心の中で一緒に生きていこう」

みんな、あふれる涙をぬぐいもせず、おもいきり泣きながらノートを埋めた。

子供が親より先に死ぬのは親不孝だといわれ、悲しかった。日本では「逆縁」といって、親不孝だとする考え方があるけれど、本当にそうだろうか。「親不孝なんかではない」と心の中で反発した。健は、短かったけれど、家族に勇気をくれた、命の尊さもはかなさも教えてくれた。兄姉や友人たちに、「命とは、死とは」を問いかけてくれた。短いが、一生懸命に生きた一日一日を、親たちは誇りに思っている。逆縁は親不孝ではない、と私は思っている。

柳田国男著『故郷七十年』には、「日本人の信仰のいちばん主な点は、私は生まれ更りということではないかと考えている。魂というものは若くして死んだら、それっきり消えてしまうものでなく、何かよほどのことがない限りは生まれ更ってくるものと信じていたのではないか」とある。

「ママもう泣かないでね」という、亡くなった子供たちの声が聞こえる。母たちは、「また生まれておいでよ、ママのところに」とつぶやく。

生まれ変わって、ママと生きている。

喪の悲しみ

事故直後はつらくて誰にも会いたくないときもあった。何か言われると思うと、取り繕ってしまう自分がいる。話を聞いて欲しいこともあるが、亡くなった人のことが話題になったり、慰めの言葉をかけられると、よけいに悲しみが深まることもある。

死を受け止めることは、そんなにたやすくない。話したいときに黙ってうなずいて聞いてくれる人がいる。そんな人が周囲にいることが、何よりも大切で心強いことと思う。苦しみに寄り添うには、言葉はいらない気がする。喪失の経験をしていなくても、私の気持ちを理解してくれて、見守って気づかってくれる人が周りにいることが、とてもうれしい。

喪失の体験には、様々な症状がある。そして、死に対しての話題は、世界中どこでも、そう簡単に語られないことも知った。喪の悲しみに理解を深めるための研究は、米国でも１９４０年代になって始まったのだという。

東洋と西洋では、遺体についての考え方が違うようだ。私たちは、遺体の確認の際、どんな姿になっても愛する人を自分の腕で抱き締めたいという人が多かった。私もその一人だ。前橋赤十字病院の内科婦長は「犠牲者の尊厳を守り、できるだけ早く家族との対面を実現させてあげたい。少しでもきれいな姿で」と、思ったという。

しかし、外国人犠牲者の家族は、関係者に感謝しながらも「魂は肉体を離れ、神の元へ召された」という考え方なのか、遺体を引き取らない人もいたことがわかった。死への向き合い方はさまざまであり、宗教観の違いもある。ただ、それでも、西洋も東洋も魂についての考え方は、同じなのではないかと思う。健ちゃんの魂は、私自身が生きなければと思ったときに、心の中に入ってきた。

そして、私は、悲しみは乗り越えるのではないと思っている。亡き人を思う苦しみが、かき消せない炎のようにあるからこそ、亡き人と共に生きていけるのだと思う。

事故から2年が経った1987年8月10日に夫の父が亡くなった。「お父さん聞こえる?」。父の枕もとで、母が軍歌のテープをかける。「お父さん、聞いているのよ」と母は嬉しそうにささやく。不思議なことに、9ヶ月間植物状態にある父が、この歌にかすかな反応をした。父は、海軍でトランペットを吹いていた。意識のない父の耳元で、軍歌のテープがまわっていた。

父は、自宅で母の手厚い看護を20年受けていた。夫が大学生の時に半身不随になり、20年間の闘病生活だった。近くに住む孫の健が来るのを、何よりも楽しみにしていた。

事故から7年目の1992年11月6日には、私の父が亡くなった。同居していた父は、学ぶことの好きな人だった。若き日には東大に学んだ。その日も語学のテープを聴いた後、散歩に行き、いつものように私の作る夕食を楽しみにしていた。「茶碗蒸しか。邦子の作るのはおいしいよ」と言って笑っていた。それから3時間後に亡くなった。

父は、健が亡くなった時、「健との一番楽しかったことをしっかりと心に抱いて生きていくんだよ」と私を抱きしめてくれた。

私が結婚する時、昔かたぎの父は、「女は家庭に入るのが一番」と専業主婦になることを望んだ。だが、8・12連絡会が発足して、事務局を引き受けるかを悩んでいた時、「机の上では出来ない、よい勉強になるよ」と、背中を押してくれた。

大学時代に山岳部に所属していた父。私は子供の頃から父と近郊の山に登った。父は、乗り物の好きな健を連れて、何度も近くの山へ行ってくれた。また、晩年は、母と海外の山にも何度か出かけていた。その時には、必ず日本航空を選んでいた。

25年前の夏休み、健は「おじいちゃん、行ってきます」と帽子をとって父に挨拶をして出かけた。初めて飛行機に乗る健のために、その父が、日航123便のチケットをとってくれた。日本尊厳死協会の会員にも登録していた父に、今も背中を押してもらっていると思うことがある。

そして、2005年11月3日、夫の兄が亡くなった。

死は、突然だった。44年間、統合失調症と闘い、最後は、大腿骨を骨折し入院。動けぬまま、気管に食べ物を詰まらせての急死だった。

夫の兄を乗せた飾りのない黒い霊柩車は、「ビービー」という合図で葬祭場を後にした。見送りは、母、弟、その妻である私の3人だけだった。兄を44年間看病してきた88歳の母は、顔を歪ませて、つぶやいた。「お兄ちゃんありがとう。病気の体に産んでごめんね」と。

家族葬の当日、セレモニーホールに置かれた棺に、私たち3人は、ゆっくりとお別れする時間を持った。母は、棺の中に、彼あての手紙、鉛筆とノート、テレホンカード、愛用の帽子を入れ、花に埋もれた故人に何度も話しかけた。亡き人が、どんな一生だったのか、どんな人に送られて現世と別れるのかを考えると、彼との最後の別れの儀式は、彼の人生にふさわしい、すがすがしいものだった。

61年の兄の生涯を振り返ると、大学受験時の17歳に発病、市販の睡眠薬を飲み、精神科の医療にかかるのが遅れた。長期入院もあった。電気ショック治療に怯え、青春は無かった。恋愛も結婚もしないで、家に閉じこもらざるを得なかった。40年も前、精神を診る医療はかなり乏しかった。それでも兄は、懸命に生き抜いた。父が早くに病に倒れた後、年老いた母の片腕になり、家業を手伝った。クラシック音楽を愛し、LP盤のレコードを何よりも宝物にしていた。毎日、病院から母に電話をかけてくるような、純粋でやさしい性格だった。

夫は、兄との思い出が少ないのがつらいと、遺影に酒を供えて涙した。兄は、社会の中では功績を成しえなかった。でも、私たち家族にとっては、いつも心の隙間を埋めてくれるかけがえのない存在だった。兄が、その薄幸な人生を必死に生きている姿は、「生きる」ということの意味を教えてくれた。

亡くなっても消えることなく、家族のもとで生き続ける命。私が生きていくことは、健が生きていくことだと思ってきた。

私たち夫婦は、この兄のこともあって、住んでいる地域で、精神障害者の就労支援や生活支援にあたっている。私は、精神保健福祉士の資格を取り、若いスタッフと施設を運営している。早期退職した夫も、手伝ってくれている。兄が私たちを今の仕事に導いてくれたのだろう。

精神障害者は、苦しい療養を強いられている現実がある。「僕はいらない人間なんです」と言う彼らに、「いらない人間なんて誰もいない、人はみな役割をもっているんだよ、君にしかできないことがあるよ」と話す。

彼らは今、不登校やリストカット、大量服薬をへて、仲間と一日一日を確実に歩いている。自分の可能性を信じ、障害や偏見の中で生きている。互いをみとめあうことの大切さは、悲しみを背負って歩いてきた事故の遺族たちと同じだと思うことがしばしばある。

20年たって、写真を居間に置く

事故から3日目、健を迎えに御巣鷹山に登ったときの写真の中にいる夫と私。現場にいた読売新聞のカメラマンが撮ったものだ。事故から20年目の夏、この写真をようやく見ることが出来た。健のアルバムは、事故から7年目まで開くことができなかった。月日とともに深まる悲しみもあるのだ。

健は、私たちの視界から消えてしまったが、見えない大切なものを置いていった。私たちはいつでも、健の「お父さん」と「お母さん」。御巣鷹山にいる私たちの写真は、これからの日々に勇気をくれる。この日が、原点なのだ。私たちは、この写真を居間に置くようにした。

25年前の葬儀の日、私は、健のランドセルを棺の中に入れようとした。夫は、首を横に振った。「それは、残しておく」と涙にぬれた夫の目が語っていた。

入学式の日から2年4ヶ月、健の背中にあったランドセル。そのランドセルは、夫がとめてくれたことで、今も私たちの手元にある。

夫は、「僕は、小学校に入学する時、家が貧乏でランドセルを買ってもらえなかった。母の作った手作りの布のランドセルを背負った。でも、僕は、ほかのみんなが背負っていた皮のランドセルではなかったけれど、いじめられなかったよ」という話をずっと以前にしてくれた。

このランドセルを背負った健を、夫はいつも心に抱いている。

2008年夏、私は、事故後、封印していた健の遺品の靴をランドセルから取り出した。御巣鷹の土がそのままついていた。靴は、右と左、バラバラに見つかった。一つは千切れている。裏を返すと、20㎝とある。もうすぐ21㎝だった。私は、25㎝、26㎝と、新しい靴を買い替えてあげられなかったことを思い、健に「ごめんね」と言った。

私は、健に語りかける。

あれから25年。もう34歳だね。

お母さんにはその姿を想像することは出来ない。やっぱり、9歳のままの健しかいない。

足元にまといついてくる健。すこしシャイな笑顔。ママの作ったマドレーヌをほおばる健。

近鉄バファローズの野球帽を被り、キャッチボールをする健。


25年間、御巣鷹山には、家族みんなで毎年会いに行った。

健と一緒に散った520の命の重さをなんとか生かしたいと思い続けた。残された人たち一人ひとりの力は小さいけれど、遺族には強い絆があった。

「命を無駄にしない」という思いは強かったし、決してあきらめなかった。遺族の仲間と空港に行って飛行機の整備を見たり、123便の機体の残骸や遺品を何度も見たり、勇気をふり絞らなければならないことがたくさんあった。人は、ミスをするものだ。でも同じことを繰り返して欲しくない。

今でも、25年前の8月12日に羽田空港で離した健の手のぬくもりが、私の手に戻ってくる。そして今でも、飛行機を見あげると涙でぼやけることがある。健と最後に通った羽田空港への道は、ずっと通れなかった。

その羽田に「日航安全啓発センター」が出来た。「命の重さを伝える場所だよ、空の安全への道がここから始まるよ」と健が勇気をくれ、羽田に行けるようになった。

9年という約束で、私たち家族のもとに来てくれた健。

あの日から、お母さんの夢は健ちゃんに会うこと。そしてもう一つの夢は、これからも勇気を持って、あきらめずに多くの人々と共に、企業と一緒に「安全の文化」を高めていくこと。

合者離之始（あうはわかれのはじめ）

健に会う日まで、また、一日一日を悔いなく過ごしていこうと思う。

それぞれにとっての御巣鷹

24年目の御巣鷹山の夏は、「お久しぶり」「会えて良かった」「元気でいてね」の声が、前の年以上に遺族の間で多く交わされた。次世代の子供たちが元気に登る姿もある。遺族の高齢化もすすみ、「今年限りの登山です」と言われる方も増えている。

さまざまな事故の遺族たちが、尾根をめざし、共に「安全」を願う。仕事を離れて登ってくる報道関係者の姿もある。それぞれの「御巣鷹」がこの山にある。

日航機事故から9年後に起きた中華航空機事故で夫と実父母を亡くした永井祥子さんは、毎年登ってくる。なぜかと聞くと、「すこし前を歩く日航機事故の遺族の姿をみて、私もあと9年はこうして生きていこうと思ったから」と話してくれた。彼女も私も、この山に励まされてきた。人と人をつなげる役目としても、御巣鷹は存在意義を示している。

8・12連絡会では、事故直後の遺族、つまり第一世代の遺族が「励ましあう」という一番の目的は、この25年間で果たせたと思う。これからは、遺族の第二世代である、父や母を亡くした子供たちが中心となって、ゆるやかな連帯を保ちながら、事故を語り継いでいってくれるだろう。２００9年3月13日、事務局の呼びかけで久しぶりに集まった。びわ湖畔の滋賀県大津市の石山寺の参道を一緒に登る。

光堂周辺の５２０本の緋寒桜は、御巣鷹の山道を思わせる風景が広がる中で、私たちの訪問をほほえむように、花びらをいっぱいに開き、早春の空で凛と咲いていた。一緒に逝った22歳の能仁千延子さんと手を繋ぐ9歳の健の姿が浮かぶ。千延子さんのお母様は、20年前から５２０本の桜の苗木を、何度かに分けて石山寺に嫁がれた娘さんへ送った。それから1年1年、桜は、私たち遺族のように、寄り添いながら石山寺に根を張っている。事故以来感じてきた「何もいわなくてもわかり合える仲間」を感じることができた。

ピンクの桜が、灰色にしか映らなかった日もあった。遺族たちとは、「夏には御巣鷹でね」、高齢のご遺族は、「御巣鷹登山は無理なので、桜を見に来年も」と再会を約束した。

今年もまた、この夢桜のもとに参集した。

私は、30代、40代の時は、とにかく健に会いたくて、前だけを見て御巣鷹山を駆け上った。50代、そして60歳になってからは、一歩一歩、足元を見てこの山を上るようになった。そして、下る時には、上りには感じなかった喜びがある。人生の道のりにも似ているように思う。

この山で迷子になった健がいて、「ママ、足元に気をつけて」とほほ笑んでくる。健の声に導かれ、そして、５２０の御霊に支えられている。

御巣鷹山には、たくさんの石仏が置かれている。亡き人の家族や近かった人が、その人を思いながら造ったもの。石仏は、風雪に耐えながら、残された人々にやさしく語りかけている。健の小さなお地蔵さんには、ドラえもんの本、野球カード、鯉のぼり、ミニカーなどがあり、いつもにぎやかだ。

12月から3月までは閉じられる険しい山ではあるが、25年間、多くの人々の力をいただき、いつも美しい。これからもこの山を守っていきたい。

残された人々は、御巣鷹山に登るたびに、生きる力をもらっているから。

あとがき

25年前、ジャンボ機が御巣鷹山に墜落した。ほとんど満席で、突然操縦不能におちいり、迷走をくり返したあと、山に激突した。この大事故で、息子・健、9歳が亡くなった。私の心はズタズタになり、過ごしてきた日々を見直すこととなる。なにが幸せなのか、もう一度考えた。

団塊の世代の私が小学生だった55年程前の日本は、高度経済成長時代に足を踏み入れようとしていた。しかし、まだ家の周りには野原がたくさんあり、ちゃぶ台を囲む大家族の食卓があった。小学、中学校は、すし詰めの教室で過ごした。京浜工業地帯からの煤煙で空が汚れだした。高校時代は、歌謡曲「高校三年生」の歌詞そのままの日々であったが、激しい受験戦争も経験。

モノがあふれだす中で結婚、「企業戦士」などといわれる男たちを支える社会で、消費を牽引した。自由が尊ばれ、生き方の選択肢が増え、不安や迷いで羅針盤を見失っていても、「早く、早く」と追い立てられて効率と結果を求め、さらに澱んでいく環境に順応していった。

気がついてみると周囲にあった緑は消え、子供たちが自由に遊べる場所が道路だけになり、ザリガニ釣りをした池は埋め立てられた。人と人が触れ合う密度が低くなり、地域社会が機能を失いつつあった。その速度は加速していき、街の変化と家族形態の変化は、人々を孤立化させていった。

戦後生まれの私たち団塊世代は、まさに、「総中流社会」を実現する歯車だった。皆が貧しかった時代から、豊かになっていくことを実感していく時代に育った。

私は、事故の前まで、1980年代の豊かな日本、モノがあふれる日本で、都会の便利な生活にどっぷり浸かっていた。子供の教育にも熱心で、早く早くと追い立てて、おけいこ事や塾にも行かせた。何が大切なのかを考えることもなく過ごしていた。

ただ、専業主婦を選んだ私が、日々の生活の中で、これだけは譲れないと決めていたことがあった。それは、大学で栄養学を学んだこともあり、「7人家族の食卓をできるだけ手づくりすること」だった。できる限り旬のもので、低農薬、国産で、安全、安心な食材を手にいれた。外食はほとんどせず、手づくりの食卓を家族で囲むことを一番大切にした。パンを焼いたり、みそを作ったり、母から習ったおせち料理や行事食は必ず作った。ゆったりと時間をかけて料理をする時間からは、お金では買えない発見があった。

しかし、そのほかは、「良い大学に」「いい会社に」と、とにかく知識や技術を増やしていく子育てをすることが、価値あることと信じきっていた。

事故の後、まず私の心に浮かんだのは、「どんなケーキ屋さんのよりも、ママの作ったマドレーヌが一番おいしいよ」という、亡きわが子の言葉だった。そして、一番取り戻したかったことは、手作りの夕食が並ぶ食卓、それを囲む家族の笑顔だった。「健康に、日々普通に暮らせること」だった。私の幸せの尺度が、そのときはっきりと見えた。

そのころ愛読していたミヒャエル・エンデの『モモ』や『はてしない物語』を、繰り返し読んだ。そして、子供たちに安全な社会を残すにはどうしたらいいのかと考え始めた。

私は、幼いころ、お盆には、おがらを両親とたいた。その時、明治生まれの父は、「さあ、おばあちゃんが家にくるよ。手を合わせなさい」と教えてくれた。お盆の間中、祖母が私のそばにいた。精霊が戻ってくるということが、不思議だったけれどもうれしかった。その時、目に見えないものは、心で見るのだと知った。

御巣鷹山に行くと、その目に見えないものがたくさんあった。子供のころに触れていた人情や助け合いが見えた。まだＩＴに支配されていない時代の人々のコミュニケーション密度の高さを思い出し、人は、縦に並んだら心をつなげないと思った。そして、「あなたの大切なものは何？」と、再び自身に問いかけた。

事故を風化させたくないという思いと共に、今回、本を書きたいと思ったのには、孫娘の誕生がある。２００9年9月で1歳になったその子は、生まれてから4回の手術をした。小児脳腫瘍という診断だ。かけがえのない小さな命を、長女夫婦は多くの人々の力をいただきながら、必死に守っている。健の姉の長女は言う。

「ママ、子供はね、親を選んで産まれてくるんだって。健は、ママの子でよかったね」、「病を持つ私の娘は、私たち夫婦のところを選んで産まれてきてくれたんだもの。私がんばるよ」と。

今、家族みんなで、決してあきらめないで小さな命を支えていこうと思っている。人はみんな役割がある。健は、役割をもって産まれてきたのだと改めて思った。

この瞬間を仲間と寄り添い合い、多くの人々に支えられて生きている。一人ではないって思えることって幸せだな。大切な人のために食卓を作り、「美味しいよ」と言ってもらえる。そんな小さな日常のことが繰り返されることとって幸せだな。健はこんなことを伝える役割をもって、私のところに来て天使になった。

本を纏めるに当たり、この2年近くは、膨大な量の「おすたか」の原稿やお便り、新聞記事などの資料に埋もれそうになった。でも、書いていくうちに、健が「ママ、あのことも、このことも」と言っているようにペンが自然と動いてくれた。「健のお母さんでいたい」私にとって、とても幸せな時間でもあったように思う。

25年前の羽田空港で、健は、最後にこう言った。「ママ、一人で帰れる?」と。私はそれから、ずっと道に迷ってきた。迷子になった健を探していたはずが、わたしのほうが道に迷っていた。

振り返ってみると、25年間、健はいつも一緒にいてくれた。せっかちな私と一緒に走ってくれた。私たち遺族は、大事故だったが故に、こうして発言の場をいただいた。だからこそ、一人で苦しんでおられる他の事故の遺族の方と思いを共有し、社会において、遺族全体への理解が深まればと願っている。

25年の間、一緒に「空の安全」を願ってくださる全ての人々に感謝の気持ちをこめて、そして、いつも天国から見守り、私と一緒に走ってくれた健に感謝をこめて。

お名前を入れさせていただいた方、そして、書ききれなかった皆様、支えていただいた全ての方々にお礼を申し上げたい。

また、重複する私の文面をスリムに整理してくださった新潮社の笠井麻衣さんに、心から感謝したい。出版を後押しして下さり、本を出すという夢を可能にしてくださった柳田邦男さんに改めて深謝したい。

２０１０年６月

美谷島邦子

◆参考文献

『茜雲　総集編』8・12連絡会編／本の泉社
『日航ジャンボ機墜落　朝日新聞の24時』朝日新聞社会部編／朝日新聞社
『大事故の予兆をさぐる』宮城雅子著／講談社
『墜落の夏』吉岡忍著／新潮社
『工学／技術者の倫理』島本進／産業図書
『アメリカ連邦政府による航空災害家族支援計画』（社）日本航空機操縦士協会法務委員会訳／成山堂書店
『御巣鷹の謎を追う』米田憲司／宝島社
『あの航空機事故はこうして起きた』藤田日出男／新潮社
『危険不可視社会』畑村洋太郎／講談社
『事故調査に関する聴聞会の記録』運輸省航空事故調査委員会
『「気づき」の力』柳田邦男／新潮社
『ヒューマンエラーは裁けるか』シドニー・デッカー著、芳賀繁監訳／東京大学出版会

美谷島邦子（みやじま・くにこ）
1947年生まれ。1985年8月12日に起きた日航ジャンボ機御巣鷹山墜落事故で次男を亡くす。遺族で作る「８・１２連絡会」事務局長。精神障害者の支援施設を運営する特定非営利活動法人の理事長、精神保健福祉士、栄養士。
◆著書：絵本『いつまでも　いっしょだよ』（扶桑社）、詩集『白い鯉のぼり』（花神社）
◆編集：『茜雲総集編』（本の泉社）、『旅路』（上毛新聞社）

御巣鷹山《おすたかやま》と生《い》きる

日航《にっこう》機《き》墜落《ついらく》事故《じこ》遺族《いぞく》の25年《ねん》

著者　美谷島邦子《みやじまくにこ》

発　行　2010年06月25日
４　刷　2018年02月10日
発行者　佐藤隆信
発行所　株式会社新潮社　郵便番号162-8711
東京都新宿区矢来町71
電話：編集部　03-3266-5611
読者係　03-3266-5111
http://www.shinchosha.co.jp
印刷所　株式会社光邦
製本所　加藤製本株式会社
乱丁・落丁本は、ご面倒ですが小社読者係宛お送り下さい。
送料小社負担にてお取替えいたします。
価格はカバーに表示してあります。

ISBN978-4-10-325421-8　C0095

狂うひと　「死の棘」の妻・島尾ミホ　梯久美子

島尾敏雄の『死の棘』に書かれた愛人は誰か。日記に書かれていた言葉とは。未発表原稿や新資料で不朽の名作の真実に迫り妻ミホの生涯を辿る、渾身の決定版評伝。

めぐみと私の35年　横田早紀江

死ぬ前にもう一度、娘に会いたい。その一心で北朝鮮と闘い、日本政府や国民に訴えてきた。拉致されてから35年、小泉訪朝から10年、全日本人が心に刻むべき母の記録。

魂でもいいから、そばにいて　3・11後の霊体験を聞く　奥野修司

今まで語れませんでした。死んだ家族と〝再会〟したなんて――大震災で愛する者を喪った人びとの心を救ったのは不思議でかけがえのない体験だった。感涙の記録。

ほんとうの環境問題　池田清彦　養老孟司

「CO_2排出量削減」？「地球温暖化防止」？そんなことは、どうでもいい。きちんと考えなければならない「問題」は、別にある。環境問題の本質を突く、緊急提言！

時の名残り　津村節子

夫・吉村昭と共に小説のため苦労した若き日々、故郷について、旅路の思い出、小説の創作秘話、そして、今もふと甦るあの人の姿――。胸に沁み入る珠玉のエッセイ集。

裁判所の正体　法服を着た役人たち　瀬木比呂志　清水潔

原発差止めで左遷、国賠訴訟は原告敗訴決め打ち、再審決定なら退官覚悟……！　元エリート裁判官と辣腕事件記者が抉り出す裁判所の真実。司法の独立は嘘だった！